suhrkamp taschenbuch 1235

Jürg Laederach wurde 1945 in Basel geboren. Veröffentlichungen: *Einfall der Dämmerung* (Erzählungen), *Im Verlauf einer langen Erinnerung* (Roman), *Das ganze Leben* (Roman), *Fahles Ende kleiner Begierden* (Vier minimale Stücke), *Laederachs 69 Arten den Blues zu spielen;* Theaterstücke; Übersetzungen.

»Durfte ich, Sigmund Keener, anrüchiger Nachfahr eines Professors, der Vormundschaft angeordnet hatte über mich, mir etwas einbilden auf das, was ich mir mit Nachdruck einbildete, doch wohl aus dem triftigen Bedürfnis, mir zu beweisen, es gebe mich wirklich und meine Beziehungsschwierigkeiten zu allem, was nicht ich war?« Keener leidet. Nachdem er die psychische Natur dieser Leiden erkannt hat, maßt er sich den Vornamen Sigmund an. Im Empfangszimmer seiner Wiener Praxis sitzend, redet er mit oder ohne Patienten in der Weise vor sich hin, daß sichtbar wird: er, Keener, ist in Wien ans Ende gekommen.

Jürg Laederachs in sich abgeschlossene, heimtückisch aberwitzige Erzählung *Sigmund* erschien zuerst im Zusammenhang des Romans *Im Verlauf einer langen Erinnerung* (1977).

Jürg Laederach

Sigmund
oder
Der Herr der Seelen
tötet seine

Suhrkamp

Die Erzählung *Sigmund oder Der Herr der Seelen tötet seine* erschien zuerst im Zusammenhang des Romans *Im Verlauf einer langen Erinnerung* (1977)

Umschlagmotiv: Andy Warhol, *Sigmund Freud* aus der Serie *Ten Portraits of Jews of the Twentieth Century*

suhrkamp taschenbuch 1235
Erste Auflage 1986

Satz: Offizin Hümmer GmbH, Waldbüttelbrunn
Druck: Nomos Verlagsgesellschaft, Baden-Baden
Printed in Germany
Umschlag nach Entwürfen von
Willy Fleckhaus und Rolf Staudt

1 2 3 4 5 6 - 91 90 89 88 87 86

Sigmund
oder
Der Herr der Seelen
tötet seine

Ein Kurzbericht

Keeners Träume spielen sämtlich landschaftlich auf Frauenbäuchen. Eine Blockhütte ist der Ort der Handlung, keine Handlung oder Handreichung ohne Blockhütte. Von ihr aus führt ein erdiger Weg zum tiefen Bergsee, dem Nabel; soweit Keener Einblick ins Bild hat; im Grund ist sein Einblick fraglich, weil Keener nie fragt, Habe ich Einblick ins Bild und ist das was ich sehe ein Bergsee oder ein Nabel und schließt das eine das andere aus. Hinter dem Bergsee (Keener sitzt immer im Rahmen der Blockhüttentür, jener Tür, die ohne einen in ihrem Rahmen sitzenden Keener nicht denkbar ist) fällt eine graue Wiese steil ab, der Unterleib, der in einem borstigen Wäldchen endet. Auch Keeners Sichtkreis endet ganz natürlich und wie von selbst dort, und dort fängt auch seine Netzhautablösung zu tränen an; manchmal ist sie mit Rührung zu verwechseln, eine solche Entzündung. Dann scheint es so, als rufe er Rührung hervor, einen bestimmten Anblick, nämlich Rührung auf dem Gesicht, das ihn anblickt. Dabei ist Keeners Gesicht entzündet, weil die Entzündung weit über die Augen hinausgezogen ist, und das entzündete Gesicht schaut nie aufs Wäldchen, und schaute es, so läge das Wäldchen schon hinter dem Gesichtskreis. Jeder Gesichtskreis hat seine

Grenze. Unter anderem: Eine schmale Schlucht mit senkrechten nie trockenen Wänden nimmt alle handelnden Personen (nie ist eine andere handelnd als Keener, und auch Keener nur selten) nach ihrem Sturz hinunter auf. Keener aber sieht in ihr, in der Schlucht, wenig Möglichkeiten zur Entfaltung, weil er dort, wo er ist, traulicher ist als in der Schlucht, die er nicht kennt, in der Schlucht, in der er steckenbleibt, in der Schlucht, in der er die Nacht verbringen muß, in der Schlucht, in der er ein ganzes Leben lang eingezwängt bleibt. Hinter Keener sitzt ein zufällig hereingeschneiter Zweiter in der Blockhütte, er wird von einer vergitterten Hängelampe erhellt, und er ißt seine Hände. Er ißt nicht Keeners Hände, sondern er ißt ausgerechnet die eigenen Hände, auch wenn die ganze schräg abfallende Gegend von Händen wimmelt, so daß er zwischen lauter sich zum Kauen anbietenden Handpaaren das schmackhafteste wählen könnte. Jeder ißt in der Gegend, die zum Sichtkreis gehört, seine eigenen Hände; auch Keener, wollte er Hände essen, würde die eigenen essen müssen; obgleich andere Hände ihm vielleicht besser schmecken würden, im Hängelampenpetrol flambierte Zweitpersonshände, Keener knabbert an den gespannten Daumensehnen wie an Froschschenkeln, löst einen Zweitpersonsfingernagel aus dem Bett wie das Wangenkügelchen aus einer Blauforelle; griffige, noch in der Speiseröhre des Essers zupackende Hände, die jeden von innen heraus erwürgen; hat Keener erst einmal eine Hand in seinem Innern, kann die Hand Verheerungen anrichten, schrecklich in Keeners Körper umherfahren und Organmassaker veranstalten und ihm die Reste zum Mund herausschieben; wie viele schreckliche Möglichkeiten gibt es nicht, und der Zweite, hinter Keener Sitzende, rechnet eiskalt mit diesen Verletzungsmöglichkeiten, kann aber mit Handessen nicht aufhören; vielleicht lebt er von der Gefahr, bei lebendigem und essendem Leib von innen heraus verletzt zu werden. Nun ein Zweiter offensichtlich unter der Hängelampe sitzt und Dinge anstellt, wird deutlich, daß Keener nicht hinschaut, das meiste nicht sieht, von dem, was er sieht, nichts versteht, kurzum: daß Keener wähnt, er sei nirgends, es gebe nichts zu sehen außer abfallender, selten trockener Landschaft. Keener denkt, unter seiner Hüttentür, nichts, sondern wird, mit einem träumenden Auge, das sich auf den runden mit gemieteten Ruderbooten durchkreuzten Bergsee richtet, zum begeisterten Schilderer einer Landschaft, die, frei nach Keener, »seit Albrecht von Haller, dem Kalkgebirge«, unbesungen daliegt. Nicht daß freilich Keener sänge. Keeners Singen würde jeden Sänger erschrecken. Keener hört Gesänge, während er träumt vor der Wiese. Keener sitzt dabei gebeugt und abwesend und hört dem anderen, zweiten zu, der geräuschvoll seine Handmahlzeit beendet; Keener reißt sich an den Haaren, damit seine sorgsame Folter des anderen Vergnügen überschmerzt. Sobald es mir besser geht, sagt sich Keener, benenne ich, was ich sehe: ich sage, der sanfte Hügel ist die Brust; da steigt sie an, dort lasse ich einen Zaun vorbeigehen; ich werde weiter fahren müssen, jedem Landschaftspunkt einen Frauenpunkt zuzuordnen, denn nur so verschwindet der hinter mir unter der Hängelampe. Der Hügel ist die Brust, ihre Brust; diese Aussage ist die erste in einer Reihe von Erlösungsaussagen; püh, diese Hände, all diese zahllosen Hände, wenn ich wo gehe, halten sie mich an den Knöcheln und reißen mir die Schuhe weg; nie in meinem Leben habe ich Daumen gelutscht wie der arme Märchenmann, nie habe ich in einen Löwenzahn geblasen, nie habe ich meine gebenedeiten Hirnstörungen benannt; ich armes, noch immer heilbares Blindtier mit meinen lyrischen Aussichten. Mit dem merkwürdigen Stechen, das sich den Ort ausgesucht hat, wo Keeners Schädelknochen einen Durchbruch freigemacht hat für Keeners Ohr, geht der Traum zu Ende, und das Stechen empfindet Keener nicht, weil es zum Traum gehört; nachdem der Traum aufgehört hat und Keener, ziemlich fixiert aufs Ziel und besessen davon, sich wirklich im Rahmen einer Blockhüttentür sitzend vorfindet, entzündet sich Keeners Gesicht geschwind weiter, so daß es, kaum dreht er den Kopf zum ganz schnell rudernden Boot auf dem Bergsee hin, von ihm abfällt; Keener sitzt mit einer unkenntlichen Kopfvorderseite im Hütteneingang, und der Zweite, hinter ihm, unter der petroltropfenden Gitterlampe, ißt Keeners Gesicht und wischt ihm den Mund, ehe er es ißt, und wischt sich den Mund, nachdem er es gegessen hat.

Ein Bericht

Mir kam ein schwerer Unmut an,
Ich konnt mich selber nicht verstan
Und wußte selbst nicht, wie mir was,
Ganz traurig auf mir selber saß,
Ging in die Stadt wohl hin und wieder
Mir war nicht recht, ich legt mich nieder
Und mußt dem Unglück geben Raum,
Da fiel mir ein ein schwerer Traum.

Meiner Bewunderung für den großen Professor verdankte ich es, daß mich ein eigener Impuls, und Impulse verspürte ich nicht mehr viele, nach Wien gezogen hatte, wo ich, nach kurzem Bestehen meiner Praxis, mich selbst in einer Nacht diplomierte und anfing, mich von seinem Vornamen benannt zu fühlen, wenn ich auch kaum die Scheu überwinden konnte, mich selbst bei seinem Familiennamen zu nennen. Ich wußte nicht genau, wer ich war; die einfache und vorbehaltlose Bewunderung reichte nicht hin zu einer Erkenntnis meiner selbst. Nach eigenem Dafürhalten war ich eine aggressive, ziemlich brutale, dabei doch auch ordentlich heimtückische Type, die es, bis auf Wien, mit allen verdorben hatte, aber immer wieder einen Weg fand, sich durchzuhauen, wobei es auf andere Schläge regnete. Auf meinem mit einer süßlichen Politur aufgemöbelten Eichenschreibtisch, der mich unten panzert und oben etwas Dünnes herausstehen läßt, das meinen Kopf und meine Haare trägt, zeigt die runde Glasuhr mit den minütlich hüpfenden Zeigern zehn Uhr neunzehn. Mit einem Blick auf die notdürftige Lithographie von Füßlis Mahr setzte ich mich, als hätte das noch helfen können, auf meinen Saarinenstuhl, und ziemlich gefühllos fing ich an, das bemitleidenswert zynische Geständnis, wie ich mich an Lulu vergangen hatte, in schwebende und den Abfallkorb beschneiende Flocken zu zerreißen.

Vor dem Fenster knirschte es. Ein Wiener Straßenstaubkarren hob die Deichsel in die Höhe. Der Wiener Straßenkehrer langte hoch, umgriff die Deichsel, wollte sie nach unten ziehen. In eigener Regie schwang die Deichsel herab; das Pferd fehlte. Der Straßenkehrer zog seinen Staubkarren selbst, indem er sich einspannte, Zug in den Schultern. Dieser Zug gab den Straßenkehrern jenen aufrechten, falls interpretierbar, stolz-arroganten Gang, der mich von Gesprächen mit ihnen ausschloß. Irgendein wegblickendes Auge vernichtete jede Anrede und jede Antwort, und doch: Ich hätte gerne mit ihnen gesprochen, wie ich mit allen anderen sprach; es ihnen beibringen; etwas mehr Kenntnis von sich selbst. Dadurch daß die Deichsel herabschwang, fiel im Nu der Straßenstaubkarren wieder nach vorn, die Deichsel sprang abermals hoch; ich trat vom Schreibtisch weg ans Fenster und sprach leise mit: Der Wiener Straßenkehrer hängt am dünnen grasgrünen Unterarm an der Deichsel angeklammert hoch über der Währinger Straße. Sein blauer Arbeitskittel ist unter den Schultern eingerissen. Das stimmte nicht, der Kittel riß nicht, zudem war der Straßenkehrer, hochgezogen, aus dem Fensterausschnitt verschwunden. Nur der Karren stand da, reckte etwas hartes, gerades, ein die Sinne irre machendes Stück Stab in die Luft, Wiener Luft vermutlich, bekannt für ihren Bleigehalt. Haarbüschel flattern, vor Erschrecken ist der Straßenkehrer beweglich, unter ihm quieken einige aus der Kanalisation entkommene serbische Ratten, die sich in die Höhe werfen, bräunlich quieken. Sie erreichen seine Fußsohlen nicht, sie werden sie nicht erreichen, sie würden sie nie erreicht haben. Mit seinen Arbeits-Überhosen-Beinen zappelte er und bildete einen Kletterzug um die Deichsel.

Zurück am Schreibtisch. Ich, Sigmund Keener, stand im Dunkel da. Beugte den Kopf nach hinten. Ohne ihn zu drehen. Schloß die Augen zu Schlitzen. Fühlte mich als abgeschossene Wildkatze. Dazu spannten sich meine Zeigefinger um zwei Drücker und suchten den Druckpunkt. Verlor das Gleichgewicht. Fiel auf den Korb mit den weißen Flocken, wühlte sie auf. Im ersten Stockwerk, über meiner Praxis, ließ jemand eine schwere Sache auf den Boden fallen, ein Radio. Oder eine massive Wanduhr.

Schräg rutschte der Straßenkehrer an der Deichsel nach unten. Er stand, die Hände am verzerrten Gesicht abstreifend, auf der mit Teerhaufen gedüngten Währinger Straße. Bis zu den Schuhschäften reichte ihm der Baustellenunrat, Holzspäne, Kleinschrauben. Mit Tränen in den Augen starrte er unbeteiligt zur außerordentlich lufthohen Deichsel hoch. Er leugnet sie, dachte ich. Und er blieb so, vier Tage, vor Tränen gelöst. Nein. Das Klettern hatte ihn gelähmt, zudem hatte er eine Straßenlaterne angeschlagen, als er oben war. Das Gelände um mich versteinerte, und die Unbeweglichkeit tröstete ihn mit der Zeit.
Ich erwartete meine Patientin. Sie hatte in einem mühsamen und mich in die Knie zwingenden Prozeß gelernt, wie die Zeit vorbeiging, und darum kam sie zu spät. Sie hatte sich nicht geschämt, meine fürchterliche und mir unsäglich gemein scheinende Nähe kennenzulernen, und darum schloß sie die Tür nicht hinter sich, wenn ich sie mir allein vornahm.
Der Straßenkehrer griff in die Speichen, ein Ruck, der Karren lief. Weiter unten förderten laufende Kautschuk-Bänder weiteren Unrat aus Wiens Eingeweiden, Tausende von serbischen Ratten gingen nachts auf die Karfiolköpfe des gegenüberliegen-

den Viktualienhändlers los. Frisch den Besen geschwungen und die Zerkleinerungsschaufel! Aber der Karren stand still. Ich fühlte, wenn ich zum Fenster hinausschaute und mir ein Kissen unter die Hüfte legte, ein Manko, das, weil es nie mehr ausgefüllt werden konnte, mit Entbehrlichkeiten zugeschüttet werden mußte. Ich hatte es immer gewußt; aber sobald ich die Hemmungen und die Verkniffenheit überwunden hatte, mir selbst einzugestehen, daß ich dritte Klasse war, wurde mir die eigene Existenz wenigstens insofern endlich dienstbar, als ich auf einmal aus ihr herausholen konnte, was sie hergab; alles herausholen bis zum letzten. Der Karren stand still, die Hausmauern öffneten sich absichtlich, um schadenfreudig Mörtelschutt rieseln zu lassen; das war mein Wien. Der Straßenkehrer hing oben zwischen den Deichselstangen. Er trabte in der Luft. Der Karren rüttelte leise mit, alle sechs Minuten rüttelte eine Tram dazu. Die Autobahn nach Wien war mein letztes großes Erlebnis gewesen, das mit Wien zusammenhing. In Wien selbst nur Erbärmlichkeiten, die ich, weil ich der Erbärmlichste und systematisch Verkommenste war, unaufhaltsam immer wieder anzog; und sie verwüsteten mich. Ich Sigmund, fühlte mich so minderwertig, daß ich ganze geschlagene Tage lang, mit Patienten, ohne Patienten, meine derb und dicht fallenden Kindheitsprügel herausholte aus der Dunkelkammer. Er war seltsam, mein Gedanke, alles umzukehren, das Zeremoniell und alles. Ich gestand ihnen alles, und die Patienten beurteilten mich mit kargen, jedes Wohlgefühl zerknirschenden Kommentaren. Nachdem ich den ersten, einen gewissen Larsen, als geheilt hatte entlassen können, weil er sich bis zu seinem völligen Gesunden an meinen Konfessionen geweidet hatte und sie abtat, immer wieder barsch, kurz und besserwissend, mit Wiens Moral im Rücken, abgetan und als nichtswürdig beurteilt hatte, beschloß ich, gründlich geschlagen und tief in meinen Sessel gerutscht, aus meiner Not die Tugend anderer zu machen und nicht aufzuhören mit Gestehen, ehe ich selbst vernichtet würde und dazu Gefallen fände an meiner Selbstvernichtung.

Auf dem Schreibtisch sitzend. Die Reste niedergeschriebener Konfessionen in den Kniekehlen. Ich fühlte mich derart minderwertig, daß ich unbedingt sehen mußte, wie ein großes Tier ein kleines fraß und sich nachher die Lippen leckte. Als ich mir das ausgemalt hatte, fühlte ich mich wie ausgewechselt und schien der nächsten Viertelstunde gewachsen zu sein. Zumindest gab mir die Stelle in der Konfession, mit der ich mich aufmunterte [»du wirst 15 Minuten lang weiterleben!«], den Mut zum Weitertun, zum weiterhin Abtun. Für eine kurze Weile hatte ich die Füße noch unter mir.

Lulu war ein hochgewachsenes Mädchen, als sie mit 17 Minuten Verspätung in meine Praxis eintrat, falls ich einen Meter sechzig als Durchschnittsgröße annehmen durfte. Larsen, den ich vor kurzem entlassen hatte, nachdem ich Rache an ihm genommen hatte, lag leicht unter diesem Durchschnitt, und doch hatte er mir gegen Ende meiner Behandlung mitgeteilt, ich würde beobachtet vom Fenster aus und Verfolger hätten sich in den Raum eingeschlichen, um hinter den Vorhängen zu lauern und dann nicht da zu sein, wenn jemand diese Vorhänge zurückschlage und nachschaue. Larsen ging auf die Dreißig zu, und als ich ihn neckte mit seinem ihn zu den widerlichen Greisen hintragenden und den unerbittlichen Altersheimen näherbringenden Alter, stieß er einen Schuh an ein Schreibtischbein und wurde fahl. Er hatte in der letzten Behandlungsperiode, wohl um mich zu ärgern, einen Furunkel auf seiner linken Wange entdeckt: je mehr ich mein Mißfallen über den Auswuchs äußerte, desto größere Lust schien er am Spiel mit ihm zu haben. Bis ich ihn, als er sich aufkratzen wollte, herrisch auf zwei, drei Bemerkungen beschränkte und ihm mit Redeverbot drohte.

Sigmund: Schonen Sie Sigmunds Nerven. *Larsen:* An welchem Ende soll ich damit anfangen? *Sigmund:* Haben Sie den Straßenwischer wahrgenommen; laufen Sie zum Fenster, es ist nicht zu spät. *Larsen:* Sie nehmen also Straßenwischer wahr. *Sigmund:* Würde man ihm statt eines zweirädrigen einen vierrädrigen Staubkarren geben, wäre seine Mühe mit dem Schmutz der Straße kleiner. *Larsen:* Sigmund, wenn Sie erst sozial werden, dann hört alles auf.

Ich hörte weg und fühlte mit der Zeit, als er weitersprach und ein Taschenmesser aufklappte und es an meinen Leisten vorbei hochnahm und aus einem Streichholz einen Zahnstocher schnitzte, wie ich, Sigmund, nicht mehr weghörte. Die Deckenlampe wurde kaum erschüttert, zitterte in der Fassung und blinkte, ohne ihr Licht ganz loszuwerden. Wieder hatte man oben etwas fallengelassen auf den Boden, der für mich Decke war. Man schien das, was fiel, nicht mehr aufnehmen zu wollen. 19 Minuten, und damit hatte Lulu ihre bisher größte Verspätung um mehrere Minuten überzogen.

Larsen: Sollten Ihre Entwicklung und Ihr Denken in der eingeschlagenen Richtung weitergehen … *Sigmund:* Mein Denken geht immer weiter. *Larsen:* … so sehe ich den Tag ab, an dem Sie den sozial Benachteiligten, und nicht nur deren Seelen eine unverfälschte Zuneigung entgegenbringen. *Sigmund:* Wer ist hinter den Vorhängen? *Larsen:*

Aber Ihre Straßenwischer, doch wohl. *Sigmund:* Schauen Sie mich an, wie ich aus dem Schreibtisch Späne herauskratze vor Empörung über diese kippenden zweirädrigen Staubkarren.

Larsen wischte die Klinge seines Taschenmessers an einem Überschuß seiner Hose ab, zog dann einen Schnitt durch seinen Furunkel, legte die unteren Zähne frei vor Schmerz, drückte den Daumen auf die wunde Erhebung und bohrte sich langsam den Zahnstocher in die offene Stelle.

Larsen: Sie tun mir weh, Sigmund.

Ich brauchte ihn nur wegzudenken, das Papier, dessen Zeichen ihn zeigten, zu zerfetzen, und ich saß in der kunstledernen Einsamkeit einer fürs Sitzen und Liegen eingerichteten Praxis mit überdimensionierten, massiv einschüchternden Möbelstellungen. Allein vor der Couch-Gruppe bekam ich Drang, mich zu verkriechen, unter den Schreibtisch zu ziehen und dort ein Holzhütten- oder Stoffzelt-Beschützungs-Gefühl zu entwickeln, wie es sich vor zwanzig Jahren, als mir meine Mutter noch näher stand, auf meiner Flucht vor einem hölzernen Registraturalphabet am Fries eines Karteischrankes einmal entwickelt hatte, kaum hatte ich mich in einer Einkaufstasche so verkrochen, daß sie mich zu ersticken anfing...

Es leuchtet mir nicht ein. Weshalb sollte ich von Larsen sprechen und von seinen Verletzungen und von seinen stromleitenden Fettpunkten an den Schläfen? Ich weiß, daß meine Elektroden von ihm abglitten. Seine schlüpfrigen Schläfen ließen mich eiskalt. Mit Dreißig, einer austrocknenden Haut und dyspraktischen Störungen der Sprechwerkzeuge hätte er sich um seine Regenerierung sorgen müssen. Aber natürlich. Er verschob sie, unerträglich schizophren mental kippschalternd und aufgerissen-beredt, auf ein Morgen, auf ein Immermorgen [»Ihr Sie zerbrechender Nimmerleinstag«], sooft ich ihm mit gekreuzten Beinen zuhörte, in der fast unerträglichen Spannung vor Lulus Kommen. Larsen würde kahl, glatt und ziemlich haarlos zuletzt, ohne großen Schaden in mir angerichtet zu haben, in seiner Schwäche untergehen. Weshalb ihn mitschleppen, wenn die Faszinierende sich ankündigte? Die Dinge in der Wohnung oben hatte sie alle zu Boden geworfen. Normalerweise ... ich gestehe, von so etwas wie Durchschnitt und Mittelwerten beherrscht zu sein... normalerweise kam sie nach den Bruchlandungen einiger Einrichtungsgegenstände in die Therapie. Ich bot ihr Fünftklassiges, Nachgemachtes; aber ich stellte auch nur Fünftklassiges, Nachgemachtes oben in die Wohnung. Selbst wenn sie sich mehrere Stunden damit beschäftigte, war es ihr unmöglich, mehr zu zerbrechen als 600 Schilling: Mit dem Betrag, den sie mir für meine Stunde zusteckte, ergänzte ich die allesamt seifig ausschauenden Nippes. Larsen, es genügt…

Sigmund: Es ist genug für heute. Ich habe gestanden. Stehen Sie auf. *Larsen:* Wie es Ihnen beliebt, Vater.

Ich verschmolz mit meinem Schreibtisch zu einer Einheit und machte Larsen rasch ein unaussprechliches Geständnis, das ihn in die Flucht schlug. Ich bot jenen, die mich wider mein besseres Wissen Vater nannten, nie eine Handhabe: zum Beispiel für kindliches Anlehnen oder fürs Schmollen des Verschmähten oder für die Attacken des stirnvoran Lostobenden; Larsen schmiß, eine Spur mit gebrochenem Widerwillen herausgeleierter Beschimpfungen und geknickte Zahnstocher hinter sich lassend, über seinen Sessel steigend den Sessel gegen den Schreibtisch, der meinen niedergeschlagen hingelegten Kopf stützte, warf die Praxistür ins Schloß und wurde, vermute ich, vor der Haustür in Empfang genommen und vorbereitet auf seinen nächsten Besuch; gleiche Behandlung für alle, die mich behandelten und mir die Zähne pfuschten, bis ich nach ihnen schnappte. Diesmal noch wurde mein Kampf mit Larsen ein halber Erfolg für mich, denn ich bannte ihn und verwies ihn des Raumes, indem ich die Vorhänge fest zuzog und ganz einfach meiner Erscheinungswelt das Licht abschnitt. Die Bescheinung der Gegenstände durch eine Lichtquelle ist das Licht, meine ich. Und davon ausgehend soll sich mein Geständnis rauh, wunschlos und gepanzert zufrieden zusammenweben. Durfte ich, Sigmund Keener, anrüchiger Nachfahr eines Professors, der Vormundschaft angeordnet hatte über mich, mir etwas einbilden auf das, was ich mir mit Nachdruck einbildete, doch wohl aus dem triftigen Bedürfnis, mir zu beweisen, es gebe mich wirklich und meine Beziehungsschwierigkeiten zu allem, was nicht ich war? Schwierigkeiten, die ich mit kundigem Zurückdrängen von Sitzung zu Sitzung löschte, zerdrückte, eintauchte, mehlig werden ließ, bis zu der alle Stunden zerstörenden Stunde, in der Lulu meine Praxis betrat, auf ihrem mir in die Augen stechenden Sitzplatz die Beine kreuzte und ihren Meter sechzig Zentimeter in drei ungleiche Abschnitte, Kopf-Büste, Büste-Hüfte, Hüfte-Ferse teils faltete, teils sich der steilen Kirchenbankform des Patentsessels anpassend einknickte der Konstruktion entlang, so daß mir Assoziationen und freie Anspielungen zu fundamentalen, von mir nie bewältigten Pathologien meiner Außenweltverbindung derart zusetzten, daß ich am Schluß, ich fühlte eine vom Magen kommende Erleichterung, ihr gegenüber nahezu ohnmächtig war und ihr gestand und ihr gestand und es hinausließ aus mir, um es weniger stark zu empfinden und um mich auf eine Erlösung zuzureden.

Als Lulu mich zu unterbrechen anfing, heftete ich mich auf ihren Mund, ein seltsames Organ, das es, hätte es mich nicht gegeben, bestimmt nicht gegeben haben könnte; das aber, weil ich hinsah zum Sessel (»ich hätte nicht hinzusehen brauchen«), erklärte, warum Lulu den Weg in meine Praxis, sie lag in einer nicht sehr zugänglichen Hausnische bei der Volksoper, nicht gescheut hatte. Ihr, Lulus, Mund blieb während des Redens, fast nur kurze Elementarsätze, fest geschlossen, ihr Unterkiefer ohne lockerzulassen gegen ihren Oberkiefer gepreßt, mit unerhörter Kraft gepreßt; sie sprach durch die Zähne aus der Versperrung heraus, wenn sie nicht gerade flüssige Nahrung zu sich nahm, die sie sich mit einem dünnen Metallrohr in den Mundwinkel einführte. Während sie ungefähr in meine Richtung sprach und mich zu unterbrechen hoffte (»die ausgedachte Regie arbeitet darauf hin«) hinter meiner Lampe, die sie blendete und hinter der sie mich nur vermuten konnte, warf sie unausgesetzt kleine weiße runde Pastillen oben in dieses Metallrohr. Die Pastillen verschwanden und machten nicht einmal ein Geräusch, als sie durchs Rohr rollten; als wären sie noch im Fallen bereits gekaut und würden im Mund schon verdaut. Daß Lulus Kiefer verkantet zitterten, eingeschlossen die untere Hälfte ihres Gesichts...

... durch Jahre hindurch marmorierte Qual im Gesicht, einfach schmerzgepeinigte Augenränder, jeder Gedanke und jede Gliederbewegung (»ein Gedanke ist *immer* eine Gliederbewegung«) schmerzt sie bis zum Schrei, den sie gleich wieder unterdrückt und in ihren Gesichtsausdruck hereinnimmt; der wird eine Spur härter und trägt seine mitten im Marmor ins Zucken gehetzten Mundwinkel ohne Fassung; noch versucht sie mit tief beschämter Fahrigkeit hin und wieder eine Härtung im Lippensektor; Gesicht ohne Aussichten auf endgültige Erstarrung; kleine Dinge wimmern immer in Steingruben...

... daß ihr Kiefer verschraubt zitterte, war nur eines meiner auf organotoxischen Reizungen basierenden Vorstellungsschauspiels, die ich als wohlwollender Theaterdirektor mit ihr aufführte; die Vorstellung endete, wenn ich als Mitspieler reden darf, meist vor ausverkauftem Haus und damit, daß sie aus dem Fenster zu springen versuchte, wenn ich nicht, was ich immer tat, schnell aufsprang und ihr den Riegel aus der Hand schlug. Dabei sah ich, zum Fenster blickend, ein, daß der Straßenwischer nicht mehr von seiner Deichsel herunterkam oder, falls es ihm dennoch glückte, weiter unten, die Währinger Straße senkte sich, die gummierten Fließbänder reinigen mußte. Nach jeweils fünfundvierzig Minuten fuhr die Uhr zwischen meine Geständnisse und zerteilte sie in ungefähr erträgliche Portionen; ich ertrug, was andere niederwarf, und ich ertrug schlecht, wenn sie mir mitteilten, es werfe sie nieder; Lulu teilte zum Glück wenig mit, allerdings schon wieder beängstigend wenig. Hätte ich große und ungeliebte Gewalt angewandt, so hätte ich bereits an einem der folgenden Tage ihren Unterkiefer nach unten drücken können, ihn lösend von dem mir kränker scheinenden Oberkiefer; aber stahlfedernd schnappte der Unterkiefer zurück, sobald meine titanische Kraft nachließ oder einfach ganz aufhörte, wenn ich sie plötzlich einmal nicht mehr aufbot. Ich wußte nicht, ob ich sie überhaupt jemals aufbot, aber bot ich sie jemals auf, so versagte sie gerade dann öfter als nicht; bot ich sie hingegen gar nicht erst auf, brauchte ich mir keine Sorgen zu machen über ihre Wirkungslosigkeit; ohnehin gehörte meine Kraft nicht zu mir, denn nichts von mir gehörte mehr zu mir, weil ich nur noch wahrnahm, daß ich aufhörte und endete und Ränder bekam, die sich, wie bei einem rettungslos umzingelten und von der Nachschubwelt abgeschnittenen Land, mit dem Vorrücken der Söldner des Wahnsinns gegen die Zinnen der letzten noch ungeschleiften Festung auf mein Innerstes zu verschoben und mich, in dem Maße wie ich ein anderer wurde, zu *nichts mehr* machten und ins heulende Elend stürzten, in dem ich mich erniedrigte und mich in meiner selbstverschuldeten Abscheulichkeit wälzte, um desto lauter hinausheulen zu können, *es* sei über mich gekommen, und *es* habe in mir keinen gefunden, der sich seiner kampflosen Selbstaufgabe widersetze.

Daß Lulu schon lange in dem Zustand, in dem sie mich aufsuchte, gewesen war, hieß nach erfolgter Aufklärung etwa, daß sie seit drei Jahren und wenigen Monaten ununterbrochen in diesem verweigernden Zustand steckte. Sie äußerte in der ersten Stunde schon den Wunsch, eine dreijährige Behandlung mit vier Wochenstunden gegen Unterkieferkrampf über sich ergehen zu lassen; das hieß umgekehrt, daß ich mich dazu zu verpflichten hatte, mindestens drei Jahre lang auf sie einzureden und meine Notdurft in ihre Vertrauensseligkeit hinein zu verrichten; ein Vorschlag, eine Aussicht, eine Verplanung, die mich nach einem Blick auf das schräg aus ihrem Gesicht in die Luft ragende Metallrohr nur halb begeisterte und eine Stampede von Widerständen über die unberührten Wiesen meiner Bereitwilligkeit jagte. Die Zeit verging; ich stellte mich vor…

Während längerer Zeit, genau gesagt, während

zwei der drei folgenden Jahre, kühle Winter mit Rauhreif an den Rändern des Neusiedlersees, drängten Larsen und verschiedene meiner Zunftgenossen (»alle sich selbst das ›dipl.‹ vor den Namen gesetzt«) danach, mich in meiner Praxis weiterhin aufzusuchen; unter dem Vorwand, mir die Vorhänge abzunehmen und schwere stählernde Rolladen einzusetzen mit Gitterstäben, aber in Wirklichkeit selbstverständlich mit der Absicht, mich einer Nachprüfung zu unterziehen, die ich nie geduldet hätte und nie zulassen würde; diesen Menschen, falls es Humane waren, blieb es unverständlich, wie ich von einem Tag auf den anderen alle Termine absagen konnte, um mich nur noch meiner einen und einzigen zu widmen, die ich stärker, klarer und schärfer sehen wollte, wie sie von den stäubenden Strahlen meiner Lampe beschienen wurde. Ich stellte mich demnach, Irrtum möglich, allen anderen Besuchen entgegen, und Lulu suchte mich unregelmäßig, nach Lust und Laune, was bald Ansätze zu etwas Gutreguliertem zeigte, hinter meinem Schreibtisch auf, um es mir zu erleichtern, das Vorgenommene.

Meine Therapie, bei der ich losfuhr in winkligen Sätzen über mich selbst und über die Fälschungen, die in Wien von mir kursierten, war von derselben Erfolglosigkeit gekrönt wie alle anderen herkömmlichen Behandlungsarten auch. Lulu, ganz abgesehen von der physischen Sperre, hatte nicht die geringste Ahnung, was sie zu mir hätte sagen sollen, während ich sprach und meine Adern vor Haß hervortraten. »Du bist wie Gott. Der Sprichgott.« Sagte sie mir.

Wahrscheinlicher indessen war, daß jede ihrer Bemerkungen mir schleierhaft blieb und Abstand zwischen uns legte, so daß ich schließlich am Vorstellungsvermögen, das sie schuf, meine Zweifel bekam und mich nicht mehr darüber hinwegtäuschte, daß ich bisweilen auch vom Schreibtisch aufsprang, zum Sessel hineilte, über seine leere tellerrunde Sitzfläche strich. Mir wurde, wie es einem wird, der jemanden erwartet und sich dabei im Warten häuslich eingerichtet hat, so daß er, kaum fängt es zum Beispiel an zu regnen, zersetzender Schwefelregen, auch schon den Schirm, widerstandsfähigen Folienschirm, bereit hat; weil er eben ausgerüstet ist für die Wechselfälle des ihn unausweichlich auf seine Bestimmung hintreibenden Lebens, das ihn zerschleißt und ihm die Gewebe wegreibt. Anfangs sah Lulu aus, wie sie einem, der sie neu kannte, erscheinen mußte. Sie trug eine abstoßende kurze graue Tunika, ein herzzerreißendes Stirnband mit einem Rubin und um die kaum einschneidende Taille geschnürt ein helles, unförmiges Sackkleid, das sie absichtslos, ehe sie sich setzte, dem Sessel überwarf, ihn damit schirrend, ehe sie ihn bestieg und vor mir fast walkyrienhaft beritt. So war es am Anfang, so prägte es mich fürs weitere, für den Türkenschanzpark und für alles, was folgte und fast nicht mehr aufhörte. Ich, Sigmund, daran bestand für mich kein Zweifel, konnte mit Lulu und für Lulu tun, was ich wollte, ohne etwas zu erreichen, das in den Absichten meines Tuns gelegen hätte. Im Grunde hatte ich mit ihr gar keine festen Ziele, sondern handelte aus reinem Bewegungs- und Betätigungstrieb; etwas mußte geschehen mit ihr, damit ich weiteren Aufschluß über mich selbst erhielt und vielleicht auch über das, was vor meinem Fenster (»es mag AUF der Fensterscheibe selbst vorgegangen sein in einer Projektion«) vorging; ein hinfälliger Pol war ich geworden in dieser von Natur aus starken und bestehenden Welt Wiens, die, auch wenn ich ihr den Verlust des alten monarchischen Imperiums ansah, immer noch bestehend genug war, um sich rücksichtslos, als hätte ich nie gemeldet, ich sei da, über mich hinwegzusetzen.

In dieser von Natur aus starken und von mir verschiedenen Welt erzählte mir Lulu abgerissene Bruchstücke, die von ihr, der Welt, handelten und von ihr, Lulu, auf verschlungenen Umwegen Bericht gaben in blöden, auf ein Wort verkürzten Bemerkungen, denen ich ihre Dichte, aber auch ihre Tarnabsicht ansah. Hier sollte geredet werden, ohne mir etwas zu sagen; aber ich las alles

heraus, ich las aus jeder Kleinigkeit alles heraus. Lulus Miniatur-Erzählungen waren von dieser Wiener Welt so geformt, daß ich den Eindruck gewann, es werde ein Rost glühender Kohlen zischend in eine Zange genommen, ohne daß die Faulgeburt erfolgen könne. Ein Schnitt war fällig und hätte sich, wenn nicht ich ihn riskiert hätte, selbst vollzogen; doch Lulu erzählte mir Miniatur-Geschichten, kindlich, scheinbar unbeteiligt und wie zu einem Tonbandgerät sprechend. »Schau«, »schön«, »hier«, »auf«, »da vorn«, »schwarz«, »er kommt«, »ich bin geholt worden«, »See«, »weit weg«, »zwei«, »laß, laß«, und das aufreizende und nie Entladung findende »fein«.
Alles in ihrem sonstigen Leben sei »fein«, ihr Mann sei »ein Feiner«, ihre beiden Kinder, leider ungeboren, seien »zwei feine Kleine«, ihre Beziehungen zu den Wienern seien »fein«. Mit jedem komme sie gut aus, denn jeder sei »einfach fein« zu ihr.
Es gab für mich nicht viel zu tun angesichts dieser ausgebildeten Persönlichkeit, deren Leben offenbar »ganz fein« war und immer gewesen war. Nachdem ich Lulus Vorleben und auch ihr während meiner Behandlung andauerndes Nebenleben [»ich will das Leben, in dem ich für sie anwesend war, stillschweigend als Hauptleben bezeichnen«] etwa zwei Monate lang querfeldein erforscht hatte, deutete ich ihr fast aus heiterem

Himmel heraus an [»Blitz und Donner«], ich könne nichts für sie tun, es wäre denn, ich täte es gegen sie. Auffällig schien mir, daß während unserer Sprechstunden, bei denen ich unaufhörlich Konfessionen ablegte und über sie nur etwas erfuhr, wenn sie, kaum erzählte ich eines meiner pastosen autobiographischen Erlebnisse [»ich kam schon vorgeformt zur Welt und verformt nach Wien«], mit einem »ich auch genau so« reagierte, ein Bein über das andere schlug und auf eine heitere, gespielt unverfängliche Bemerkung meinerseits zu warten schien; wobei das Warten und Stummsein wochenlang andauern konnte ... Auffällig war bei diesen unfrommen Schweigestunden, daß oben, über der Praxis, in meiner Wohnung nichts zu Boden geworfen wurde und somit, ließ man den von der Währinger Straße hereindringenden Straßenbahn- und Wischlärm weg, vollkommene Stille herrschte. Sie sei eine Frau, gab sie mir zu verstehen, und ein guter Schoß. Ich stutzte und begrub sie unter Schilderungen analoger Selbstbeschreibungen. Man sei in ihr gehalten, dabei verliere man nicht jede Bewegungsfreiheit; die einem dort bleibe, heiße es ausnützen.

Sigmund: Keine Angebote an Sigmund, bitte. *Lulu:* Ich rede, was mir in den Sinn kommt. *Sigmund (unverfänglich):* Schau schau, wir sind schön entspannt. *Lulu:* Darf ich weiterreden? *Sigmund:*

Hören Sie den Lärm des Staubkarrens? Eines Tages werden sie ihm einen vierrädrigen geben. *Lulu (ratlos):* Wo ist der Lärm? *Sigmund:* Eine Frage. Sehen Sie meine Vorhänge? Der Lärm ist dahinter.

So kamen sie manchmal wieder in Gang, die Schlagabtausche, in denen ich zu meinem Vorteil auf sie einwirkte und sie einweihte in meine tiefen, brennenden Geheimnisse. Ich hatte natürlich von derartigen Angeboten und Selbstofferten allzuviel gehört, um ihnen mehr als eine flüchtige und etwas verächtliche Aufmerksamkeit ex cathedra zu gönnen; was es mir erlaubte, sie weiter im Vertrauen zu halten, das sie mir, indem ich nicht auf sie einging und mich vor allem selbst erleichterte, in noch dringenderen und wärmeren Annäherungen entgegenbrachte. Sie habe, sagte sie, dabei ihr Vergnügen, der andere auch.

Sigmund: Welcher andere? *Lulu:* Die Vergnügen kommen nie zusammen, und für jedes, das kleiner wird, gibt es ein anderes, das wächst.

Ich lernte, nicht mehr zu erröten, wenn ich mitschrieb und gab der Lust, alles über sie herauszufinden, nach, mich vorschleichend in die Winkel, in die sie sich als verletztes und sterbendes Wild verkroch. Sie hätten nicht viel miteinander zu tun, diese Vergnügen und jene Vergnügen, höchstens vielleicht einmal etwas miteinander gemeinsam. Ihr Bericht, nachdem er mich befremdet und eine leichte Abwehr in mir hervorgerufen hatte, rührte mich schließlich so, daß ich nicht zu einer wissenschaftlichen Klärung der mangelnden, oder von ihr als mangelhaft empfundenen, Koinzidenzen beitragen mochte: geschlechtliche Kälte; indem ich ihr den Strom meiner Assoziationen hierzu zuleitete, lief ich Gefahr, Lulus versponnene Bilderwelt zu vernichten und hätte ihr mit einem erloschenen körperlichen Vergnügen vermutlich auch das letzte geistige genommen, nämlich darüber zu sprechen und nichts dagegen zu denken; nun war sie aber in Hände geraten, die zum Ungeheuer, das hinter meinem Schreibtisch saß, gehörten, und ich fühlte eine sehr bewußte, mich selbst zum Schlechten und zu neuen Geständnissen aufwühlende Schamlosigkeit, die im weiteren, Türkenschanzpark und Neusiedler See und anderswo, wie ein flitzender Kugelblitz in mein Dachgebälk einschlagen sollte, bis ich in meiner widernatürlichen Flamme brannte wie eine verwitterte, sich unter dem Branddruck zusammenkrempelnde Einödscheune...

... ein halbhoher Paravent, dahinter meine Praxistür, die Tür öffnet sich, keiner sichtbar, etwas kommt hinter dem Paravent hervor, es ist eine

Frau, die Tür schließt sich hinter der Frau, die Frau steht vor dem Paravent, er ist höher als sie, weil sie sich bückt, um etwas zu lösen an sich, die Frau huscht hinter den halbhohen Paravent zurück, keine Frau ist mehr sichtbar, die Tür öffnet sich nicht, der Teppich riecht nach Mitleid, die Praxistür öffnet sich nicht, die Frau kann die Praxis noch nicht verlassen haben, ich gehe hin und erbeute sie, keiner kann hinaus wegen der verriegelten Tür, einer ist noch da, Rascheln, wo bleibt die Frau...

... Ich erklärte Lulu, ich hätte das untrügliche Gefühl und es beklemme mich, daß ihre Kieferstarre ohne zu deuteln auf affektiven Problemen beruhe, obgleich sie sich anscheinend an nichts erinnern oder über nichts sprechen könne, das die Ursache dieser zementharten Kieferstarre sein könne; ihre Kiefer weigerten sich in einer sehr plastischen Art, Worte und Tatsachen hinter den Worten preiszugeben.

Sigmund: Anscheinend. *Lulu:* Laß, laß. *Sigmund:* Ob Sie am Ende fürchten, einen Menschen, dem Sie zugetan sind, zu belasten? So wissen Sie denn, daß niemand je meine Praxis betritt, der zur Polizei gehört, weil die Polizei der furchtbarste Irrsinn ist in Wien, das längst keine mehr braucht, sondern sich selbst geordnet hat; käme ein Inspektor oder ein Kommissar, und hielte er um meine Mitarbeit bei der Aufdeckung eines Vergehens an, würde ich ihn an die Elektroden anschließen und ihn schockieren, bis sein Hirn die Behandlung des Falls verweigerte. *Lulu:* Fein.

Nachdem Lulus Augen sich bei diesen Ausführungen, die ich der Methodik meiner Therapie zuliebe mit unbewegter, fühllos spröder Stimme wie Salven auf sie abfeuerte, geweitet hatten, bis ihre Pupillen den Durchmesser des Metallrohrs angenommen hatten, schickte ich sie mit einem erklärenden Telephongespräch zu Larsen, der, obgleich selbst angeschlagen und wie ein Wrack zerfallend, sie hinmotivieren mochte auf mich hin; es war seine letzte Möglichkeit, wollte er nicht die Folgen tragen für seinen mich gemein machenden Zustand und Wände von innen sehen, die er lieber noch lange nicht von innen gesehen hätte. Lulu ging hin zu ihm, und er gab ihr eines seiner Aufmöbelungsgespräche, ich nannte seine ganz gewissen Gespräche so, denn sie wurden mit einer Intensität ohnegleichen seinen Opfern in die Seele buchstabiert: nie hatte ich verstanden, weshalb Larsen seiner Störung hatte unterliegen müssen, denn er hätte sich, viel schneller als ich, in wenigen Stunden diplomiert zur Ausführung dessen, was ich auszuführen mich nicht scheute. Larsen drang wiederholt in Lulu, sie müsse etwas finden, das sie mir erzählen könne, sonst würden ihr die weißen runden Pastillen weggenommen, weggeschlossen und nicht mehr zurückgegeben. Mit bemerkenswerter, weil unmethodischer Energie quetschte er sie nach einer Tatsache ihres bisherigen Lebens aus, die nicht nur »einfach fein«, »halt fein« oder »na fein« war. Ich durfte erwarten, daß ihr nun, was ich erwartete und was sie von mir zu erwarten hatte, endgültig eingebrannt und beigebracht wurde von einem verstörten ärztlichen Naturtalent, das bisher noch alle meine Patienten aus allen Quartieren Wiens mit Erfolg zum Gestehen gebracht hatte. Unter seinen väterlichen Einwirkungen [»ich schäme mich, wenn ich bedenke, daß du meine Tochter sein könntest«] mit Gewissenslasten überhäuft begann Lulu zu weinen, in einem hohen Grad schmerzhafte Tränen, unter denen sie zugeben mußte, daß es in ihrem Leben etwas gab, das alles »Feine« einigermaßen hinter sich zurücklasse.

Dieses Geständnis kam heraus, als Larsen sie in seiner mit schmutzigem Wasser halbgefüllten Zelle [»mein See muß naß sein«] drei Stunden ununterbrochen bedrängt hatte, und es bestätigte meine fürchterlichsten Vermutungen; daß nämlich die berüchtigte sophokleïsche Wendung längst eingetreten war und mir eine Rolle als Entdecker wie auch als Entdecktem zuwies; obgleich, im Ganzen und aus neuem Abstand gesehen, mein Verständnis, wenn immer Verständnis da war, mit dieser Angelegenheit nichts zu schaffen hatte; ich verstand mich ja selbst nicht und war verkrochen hinter einer Rolle, die ich ohne Anweisung spielte und ohne die Aussicht, mir selbst je hinter die Maske zu sehen; zum ersten Mal geschah etwas ohne mein Zutun, will sagen, ohne meine Einmischung, obgleich es mich später einbezog und mich hineinzog und einen, wie mir aufging, Verkrüppelten blind walten ließ an einer Verstümmelten. Jedenfalls kehrte Lulu, sie hatte ihre Tränenspuren mit Lavendel und Tabakwasser übergossen und das ihr aus dem Mund dringende Metallrohr hatte bereits Rost angesetzt, zu meinem Schreibtisch und zu meiner Empfänglichkeit zurück; die runde Uhr, ich liebte Kugeluhren mit eingeweckten Fliegen in mumienschluckendem Bernstein, tickte, und feine Hufnägel fielen auf meine Schuhschnallen; und Lulu, am Rohr vorbei, durchs Rohr hindurch oder am Rohr zerrend, enthüllte mir ihr Todeswerden, das sie stoßweise, sich gleichsam übergebend auf den ziemlich kostspieligen Teppich, zu einem Selbsterlebensbild formte; indem ich ihre Stöße glätte und mich damit abgefunden habe, für sie ein Vomitiv, ein Brechmittel wie Kleie, gewesen zu sein, lese ich hinfahrend über meine Notate, schematisch und meiner tiefen Unfähigkeit zu jeglicher Analyse eingedenk, ihr Leiden von dem sich fast schon selbsttätig in Flokken zerreißenden Papier. Mein Gefühl ist das eines Mannes, der an einen Pelz denkt und Haare nicht ausstehen kann; zudem soll mein Manuskript, das die Wiener und alle, die es irreparabel mit mir verdorben haben, zu Wutäußerungen gegen mich treiben wird, nicht in die Hände irgendwelcher Menschen mit verdorrter Haut und gemeinen gierigen Fingern fallen.

Als einziges Kind war Lulu von einer hinlänglich verschüchterten Mutter erzogen worden.
Ihre Mutter verließ kaum je das Haus, falls sie ein Haus hatten.
Sie hätten die Mittel gehabt, in zwei Wohnungen zu wohnen, schließlich hätten einige Wohnungen leergestanden, habe ihre Mutter gesagt, und ihr Vater habe mit der Pfeifenahle in seinem Schweigen gekratzt; sein Vorname sei ihr entfallen, auch wenn ich, Sigmund, sie deswegen schlagen lasse.
Lulus Vater blieb unablässig korallenhaft in sich eingeschlossen, ohne ein Wort an ihre Mutter zu richten, die er als »Mutter« angeredet habe, ehe er knarzend endgültig verstummt sei.
Ein Verhalten war das, daß es ihre Mutter aus den Zimmern trieb, in denen sich ihr Vater aufhielt, ihren Vater leider in die Zimmer, in denen sich ihre Mutter aufhielt.
Zwei langsam Verdämmernde also.
Ein im klassischen Alter stehender, seine Scholle

bebauender, mit seiner hageren beckenschmalen Frau kinderreicher Tischler habe ihnen eine Möblierung erhobelt.
Die kleine Familie, Vater, Lulu-Mutter, Lulu-Tochter und der kläffende Hund verhielten sich so, daß der Tischler von ihrem Wunsch unterrichtet wurde, alles, Ablagen wie Kasten wie Furniere, in Vierecken angelegt zu bekommen, so daß ein verpackungsgerechtes, kleinquadratisches Leben möglich werde.
Für mehr als Vierecke war kein Platz.
Vater und Lulu-Mutter führten ihre Vereinigungen durch, und Lulu-Tochter hörte zu. Das Liebesnest war 1,60 Meter lang, 50 cm breit, 70 cm hoch. Vater war 1,75 Meter lang, 65 cm breit. Lulu-Mutter war 1,71 Meter lang, 68 cm breit. Aufeinanderliegend und Lulu-Mutters Brustkorb flachpressend, waren beide 80 cm hoch, wenn sie sehr flach lagen und sich drückten. Es gefiel ihnen in ihrem kleinen Liebesnest. Lulu hörte zu, wenn sie sich nötigten.
Lulu-Tochter war 1908 in Berlin geboren, alterte dann zwanzig Jahre bis 1928, alterte dann bis 1973 bloß weitere zwanzig Jahre und erlebte es, in einem Jahr, 1973–1974, fast zwölf Jahre jünger zu werden.
In ihrer frühesten, jede sinnliche Regung und Revolte erstickenden Jugend, hatte Lulu-Tochter mit einem Bebrillten auf der Schulbank gelitten.

Er wurde, als sie zwanzig war, Leiter des bewußten Studentenbundes; als sie nicht wußte, ob sie altern wollte, alterte er drei Jahre in den Reichsjugendführer hinein. Dann ließ er sie hinter sich und konnte, als er 1940 Gauleiter und Reichsstatthalter in Wien war, aufs Mädel herabsehen, das gerade von oben herab auf die Dreißig zuging und die ersten Tennis-Sets wieder gewann. Dazwischen, in den rauhen Stürmen des pulsenden Lebens, nahm v. Schirach Notenblätter in die Hände und befestigte sie mit federnden Blockklemmhakenkreuzen auf einer stählernen Unterlage und komponierte.
Vermutlich habe es sich, floß Lulus unregelmäßiger und verhinderter Plauderton, um Paul Linke gehandelt, oder dann um einen, den sie [wer genau, wußte sie nicht] den »Linke des Realismus« genannt hätten.
Lulus Vater hatte sich beim Hausbau, wenn immer am Ende ein Haus dastand, finanziell übernommen. Er habe den Ehrgeiz gehabt und nicht losgelassen, symmetrisch zueinander zwei Häuser gleichzeitig anzulegen. Für Möbel und Betten sei kein Schilling übriggeblieben. Mit der Gestalt des Tischlers habe sie mich, Sigmund, auf die Probe stellen wollen, ob ich mich so leicht trügen lasse.

Sigmund: Ihr X war ein U, aber es darf ein X bleiben. *Lulu:* Sie tun mir weh.

Gepreßt und unterdrückt: das traf ihren Zustand. Zwei Korbstühle, ein Gartentisch, über den eine Serviette gespannt worden sei, ein schwärzlicher verrauchter Schreibtisch an der hinteren Wand der Diele, darüber ein Aquarell des Tegernsees. Auf demselben Schreibtisch drückten die Gäste ihres Vaters, er war mit Geldangelegenheiten groß geworden und wieder klein, ihre Bankierszigarren aus, nachdem sie die klebrigen Glasfußringe der ewig am selben Ort stehenden Gläser bewundert hatten.
Lulu wuchs zu einem scheuen, ländlichen, naiven, leicht hebephrenen Mädchen heran, und während ihres Heranwachsens hatte sie kaum Freunde, die ihr hätten sagen können, sie habe gute Anlagen zu etwas Größerem.
Ihr Vater zwang Lulu-Mutter, sich auf Lulu-Kind zu setzen, um es mit ihrer Leibeswärme länger auszubrüten und die Desiderate des extrauterinen Status mit physischer, Nähe und Geborgenheit vermittelnder Dauerpräsenz zu kompensieren. Ihr Vater nannte das: Hock dich auf die Kleine.
Das arme Küken vereitelte die Brutfrist, indem es unter der Mutter Gewicht hervorkrähte. Die Mutter wurde wohnlich, unbeweglich, rückte selten noch vom Kind weg. Auch dann nicht, als der Vater »Hock dich zu mir« vom Sofa aus sagte und winzige Zeitungsfetzen zwischen die Stäbe des Radiogitters schob.

Wie hätte ihr kranker gefährdeter Vater dem Druck ihrer Mutter, die aus Lulu in Jahren geduldigen Wirkens einen flachen Menschen machte, entgegenwirken sollen? Ihr Vater hatte nicht einmal den kolumbanischen Eitrick verstanden, und er erfuhr nie, daß es eine Schande war, Dutzende von frischen Eiern auf den Tisch zu drücken, bis die Fliesenquadrate im Gelb schwammen.

Lulu: Bei Larsen war das Wasser gelb. *Sigmund:* Erinnern Sie sich genau. *Lulu:* Larsen hat mir sein Strandschilf gezeigt.

Ihre Stimme klang, als dränge sie aus dem Teppich…

Nette Stücke einer feinen Biographie. Ihr Vater habe Säugetiere gehaßt und zeit seines Lebens gewünscht, kein solches zu sein, er sei gegen das Fleisch überhaupt eingestellt gewesen. Lulu wuchs zu einem furchtsamen, über ihr ständiges Erschrecken tief verstörten Mädchen heran; während ihres Wachstums besaß sie kaum Freunde, von Sternstunden wie Dates, Rendez-Vous oder Treffs ganz zu schweigen. Nachdem sie eine Kunstschule, die von den Eltern sorgfältig auf Bedeutungslosigkeit hin geprüft wurde, durchlaufen hatte, in der Rendez-Vous und ähnliche Schnellbeziehungen weiterhin selten blieben, kehrte sie,

v. Schirach, der dort bereits mit Mütze, Hoheitszeichen, Sturmriemen und Binder umhergelaufen sei, hinter sich lassend, nach Hause zurück, wo ihr Vater vom einen Haus aus der Lulu-Mutter befohlen hatte, ins symmetrisch gelegene Zimmer des anderen Hauses zu treten und ihm vom Balkon aus mit einem aus dem Strumpf gezogenen Schnupftuch zu winken, bis ihr der Arm erlahme. Im übrigen jagten sich ihre beiden Elternteile jetzt lautlos, jeder bemüht, unter Filzpantoffeln soviel Brosamen wie möglich mit so wenig Knacken wie möglich zu zertreten, ihre Mutter mit einem Waschzwang, die Schnupftücher betreffend, die sie samt einem um den Hals gehängten kleinen Wascheimer mit sich trug, ihr Vater mit dem Zeitungszerreißdrang, auf seinen Gängen ein schwarzes Polyäthylen-Radio an einem angeschweißten Tragtaschengriff mit sich tragend und den brüllenden Lautsprecher mit Zeitungen verstopfend. Selbstverständlich wurde weniger ein Leben als ein Weiterleben daraus; alle drei brachten sie einander »um die Ecken« und hofften auf äußere Einflüsse, in denen einer als Offenbarung in ihre Leben trete und mit heilender Hand ihnen das nasse Haar aus der Stirn streiche.

...Lulu wird sich vertraut, indem sie sich schämt. Allein sein. Sich Gesellschaft machen. Zwei Finger in zwei Ohren stecken. Sich verjüngen, sich abkapseln. Akustisch Schluß machen mit dem umgebenden Gelände. Dann mit Summen anfangen. Lulu empfindet sich stärker, bis sie ihren Vornamen aussprechen kann. Und sie weiß auf einmal, wie schön sie summen kann. Von da an ist sie nicht mehr allein, sondern in Gesellschaft ihres Talents. Es nicht mehr loslassen. Lulu legt ihre Scham ab, wird sich das Bißchen fremd, das Sigmund Keener von ihr verlangt...

Eines Tages war er da, der Tag. Er war männlich, barst vor Vitalität und gesundem Empfinden. An sich war es ein Wahngesicht, mich zu mischen unter sie, die mir erzählt wurden von einer Patientin in Wien, die ich mir erdacht hatte in meine Praxis herein, um Gesellschaft zu haben für meine Person und eine Zuhörerin für den Menschen, der meine Erzählungen von sich gab. Lulus Mutter nestelte am Strumpfband, Lulus Vater stand auf dem Balkon gegenüber und erwartete, Radio in der Hand schlenkernd, seine Grußadresse; ich mischte mich zwanglos unter sie, sprach von einem Heil, einem Aufstieg und einer Heilung, die ich an Lulu-Tochter vermitteln könne, sobald die Zeit dafür gekommen sei; alles ticke auf den goldenen Morgen zu, wie der Herr so das Recht, unrecht Gut gedeihe nicht. Sprüche, so weit ich hörte; und ich mußte, da ich sie selbst von mir gab, wohl oder übel soweit mithören, daß ich aus der Lage heraus die nächsten Sinnfälligkeiten fand.

Der Stil, in dem ich Lulu bewarb und um ihre scheu gesenkte Hand anhielt, war kräftig, unempfindlich, nicht besonders liebenswert; ich war ein gedrungender, kurzangebundener Mann von 36 Jahren, hatte die psychiatrische Universitätsklinik erfolgreich bestanden, indem sie mich freiließ und mir die Währinger Straße zuwies, wo ich, bald mit 12000 Schilling auf einem überzogenen Konto, vor einem Hotel den Staub der Hotelgäste vom Eingang wegschaufelte und mit einer Bürste nachhalf und dazwischen, wenn keine Gäste ein- oder ausgingen und der Portier oben Brieftaschen an sich nahm für seine Sammlung, artikulierte Selbstgespräche führte, mit einem oder mit mehreren Zuhörern...

An dem bewußten Tag trat ich mit Larsen, der in mir einen Verwandten entdeckt haben wollte, vor Lulus Heim, wählte zwischen den zwei Häusern, betrat das Haus ihres Vaters, um jenen Motorrasenmäher abzuholen, den Larsen sich samstags von Lulus Vater auslieh, und den Lulu, allein zu Hause [»Eltern oben im verlatteten Liebesnest«], auf Befehl ihres Vaters an Larsen ausliefern sollte; die Übergabezeremonie wickelte sich an einem Samstag ab und fand in ärmlichster Würde statt; erniedrigt und beleidigt alle Teilnehmer; Lulu packte die Handhabe des Mähers und schnellte sie gegen Larsens Brust; Larsen wich drei hastige Schritte über den Rasen zurück, schnellte die

Handhabe gegen meinen Magen, Lulu trat auf meine Fußspitze; mit dem Schrei des Enthemmten schleuderte ich mein Fleisch auf die Maschine, begrub sie unter mir und stand nach einem Gemenge mit dem Gestänge siegreich mit geschulterter Handhabe und dem Mäher stramm. Er hing mir am Rücken herab; was blieb, war Handeln und ein einfaches, unmißverständliches Benehmen. Mit einem »Ich kann nicht anders« läutete ich das entscheidende und bestimmende Kapitel meines fauligen Lebens ein, kaum wandte ich mich Lulu zu statt ihrem Vater; kein Zwang nahm mich mehr gefangen als ihre fiebrig ausgenützte Zwangsfreiheit, die ihr keinen Nutzen brachte und in der sie sich, beunruhigt von der lähmenden Gerüstlosigkeit ihrer Zukunft, neue Zwänge schuf und sich umzingelte, bis in allen Richtungen der Windrose Bedrängnis lauerte und sie zu einer dem sie Erlösenden Hörigen machte.

Bezwingend unausgeglichen war ihr Verhalten, unerheblich und omnipotent präsenzlüstern das meine; obgleich ich in den folgenden Wochen wieder und in den folgenden Wochen wieder in eines ihrer Elternhäuser kam, um zu versuchen, mit ihrem eingekapselten Vater oder mit ihrer jetzt minutenlang panisch schreienden Mutter in ein Gespräch zu kommen über das, was not tat, ließ ich Lulu daneben nicht ungenutzt verderben und legte sie mir zurecht, so oft ich brabbelte in der Portiersloge, den Wischer in der Hand; Federwisch, von dem die Federn herabnickten wie bei der schwülen Cadillac, wenn sie, graue rauchschäumende Bolivar-Zigarren schraubten sich in die Betrachterluft, ihren Reiz-Can-Can mit dem notbehelfsmäßig abschließenden Scheren-Spagat tanzte; jeder Zoll Körper war eine sich in hautnaher Entfernung lustvoll vorenthaltende Verfügbarkeit, an die meinesgleichen nicht herankam, nie herankommen würde, sondern sich selbst behelfen mußte in dunklen, abgedunkelten Räumen; nachdem L. die Vorhänge gezogen hatte; Lulu, die sich wie von selbst ins geschwollene Hirn schlich und es walkte, bis es sich Erleichterung verschaffte; doch in meiner Gegenwart, die sich allen Möbeln und Wänden mitteilte, bis ich schließlich überall gegenwärtig war, blieb sie scheu [»die Scheu hat sie in lächerlichen Anläufen überwinden wollen«] und ängstlich [»mit der Ängstlichkeit kokettierte sie sich ins Tochter-Mädchen hinein, das den sucht, der sie zur Tochter machte«], was ihrer Jugend zwischen allen Stühlen und Bänken entsprach; zwei künstliche, durch quacksalbernde Hausärzte hervorgerufene Blutungen pro Jahr, oder aber vier natürliche pro Monat; meine Immunität gegen Angst war damals bemerkenswert; vielleicht hatte ich mich einer Impfung unterzogen, bei der sich die Injektionsnadel im Arm umgebogen und einen Widerhaken gebildet hatte; so wurde mir frische Vegetation eingespritzt und die Nadel blieb subkutan eingeführt; nachdem ich einmal [»Hände auf der Gürtelschnalle verkrampft, Beine vorgeschoben wippend unter dem winzigen Rauchertischchen in Lulus Vaters Haus«] bei den Fragestellungen der menschlichen Immunität oder der Immunität gegens Menschliche oder bei der Immunität, die einem Menschen noch zuzumuten war, gelandet war, übernahm ich gezwungenermaßen die ganze Last unserer Brautgespräche; sie endeten traulich, und durch die Ritzen und fadenscheinigen Schabstellen zwischen gestammelten, keuchenden, unzusammenhängenden Worten schimmerte manchmal eine Innigkeit, die ich, hätte ich sie nicht unter meiner kristallinen Oberfläche gefühlt, längst verloren gegeben haben würde.

Ich bewegte mich langsamer, aus einer Lähmung heraus, schaute aber aus wie einer, der Zeit hat oder dem Zeit gegeben wird zur Lösung seiner Bewegungsstörungen. Lulu in eine Antwortunfähigkeit hineinstürzend hielt ich lange wulstige Monologe über meine Arbeit, erfand mir eine Praxis an der Währinger Straße und einen Staubdamm davor, Aufstören der Partikel mit den Schnallenschuhen, wenn ich die Praxis betrat, ungeheure breiige Selbstgespräche meiner Patienten auf mich herab, ich hätte ihnen am liebsten das Gesicht zwischen beide Hände genommen und verdrossen mit einer dritten auf sie losgeschlagen…

Sigmund: Ich mache Sie darauf aufmerksam, Lulu, daß Sie zu weit gehen; Sie erfinden mich neu. *Lulu:* Fein. Da vorn. Ich bin geholt worden. Schwarz. *Sigmund:* Machen wir uns also die Mühe, Sie darauf hinzuweisen, daß wir Mühe haben, dem zuzuhören. *Lulu:* Ich habe Larsen drei Stunden zugehört…

…vor Haß habe ich ihr einen Kuß gegeben. Leer der Sessel vorm Schreibtisch. Mit einem Abscheu, bei dem ich meine Haare zu Glas werden fühlte, riß ich sie zusammen, Affenlippen, Pampelmusenbrüste, kurze wohlproportionierte Zahnstocher mit Reißverschlüßchen an der Innennaht und konischen Absätzen daran; ließ sie sich auf den Sessel fallen, vor dem ein erhöhtes Ablagebrett hing, tauchte sie das herzförmige Gesäß in die Höhle und warf die Zahnstocherbeine hoch aufs Brett, dann wurde sie vor Müdigkeit straff beim Gähnen, machte Fäustchen aus ihren Händen, streckte sich weit aus und wurde dabei kürzer; die Erschöpfung ermunterte ihr Atmen; aus der Absicht, ihr die Stirn einzudrücken, ist ein Gleiten über ihre Stirn geworden, meine Hand regelt das wie ein Fensterwischer…

Nein. Sie war nicht aufzuhalten. Niemals? Oder doch noch? Keiner der Beteiligten warf sich ihr über den Weg und machte meinen gequälten Nerven, die mich wochenlang traumlose Tage verbringen ließen, meine Sehnsucht begreiflich, in mir einzuschlafen und mich endlich in meiner Schale behaust zu fühlen und mich, so gut es ging, zu schützen vor meinem ohne jede Ausgelassenheit erfrorenen Bericht. Ich hielt also, wenn ich Lulus Bericht weiterlas und gleich sein Papier zerfetze, löchrige Monologe über meine Arbeit, die mich nach kurzer Zeit im Bereich der zwischenmenschlichen Beziehungen bereits niederschlagen und erledigen könne, dabei unterbezahlt sei und eine ständige Wunde an meinem Körper flackern lasse, oder aber ich gab Abrisse über meine in ihrer Art einzigartigen Erlebnisse und Erfahrungen als Infanterieleutnant, geschunden als Rekrut und unwillig; eine Periode, in der ich mich als eingemachter Kadernotvorrat malade gefühlt hatte und auf Reserve gelegt wurde für spätere Epochen, die ihr Fett weg haben würden; ich mochte auch in München, in einem Vorort Münchens, neben einem Grünfleck mit Krokuskraut, hin und wieder eine rechte Eisstange geschoben haben auf der geraden besengewischten Bahn.

Meine bräutlichen Unterhaltungen mit Lulu nahmen weitere Ausmaße an, als ich über meine Eltern, meine Schwestern, meine spezifischen und unspezifischen Freunde zu sprechen anfing; mir schien, ich wollte kein Ende mehr nehmen, und ich erwartete stündlich den Augenblick eines totalen Zusammenbruchs dieser Erscheinungswelt. Wie ich, aufstehend und zum Aschenbecher kriechend, um ihn einzustecken, Lulu gegenüber andeutete, waren alle meine Bekannten und all die vielen, denen ich nicht bekannt war, liebenswürdige, vor Verfügbarkeit geschmeidige Exzentriker, über die ich anscheinend Hunderte von Anekdoten wußte; ich ließ sie vor Lulus starren und vor Starre gestriemten Gesichtszügen abrollen wie eine bunte, auf durchsichtiges Papier geworfene Jahresschau, in der Schnee mit Hagel, Sonne mit Wüste, Sirup mit Schmiere wechselte...

Sigmund: Weil ich nicht auf Ihren Antrag eingehe, machen Sie mich schlecht. *Lulu:* Sie wären, wie jeder, in mir gehalten. *Sigmund:* Hören Sie nach oben und sagen Sie mir, ob Sie hören. *Lulu:* Nichts. *Sigmund:* Mir scheint, das Indiz genüge dafür, daß die Wohnung über meiner Praxis leer ist. Gehen Sie und füllen Sie sie...

...mit einem Wort [»es spreche kurz«]: irgendein Imbeziller schrieb Lulu und mir, ehe wir unvernünftig wurden und taten was gefiel, die Drehbücher; wir spielten sie und glaubten, die Repliken kämen aus uns selbst; die von der Regie vorgeschriebenen Empfindungen hielten wir für unsere eigenen; ja, ich ging soweit, anzunehmen, meine falschen Abgänge [hin zur Praxistür, sie aufreißend, halb hindurch, Halbschritt zurück, Tür vor mir schließend, zurück zum Saarinenstuhl, mich hinhockend und sagend: »Fast wäre ich...« mit einer ad.lib.Coda] hätten psychodramexterne Beweggründe, statt daß ich ihnen die jedem Schmierenstück eingeschriebene Binnengliederung ansah. Noch kürzer, mit einem halben Wort gesagt: Wir glaubten uns in einer Spontanimprovisation über einem mindestens altgriechischen Tragödiengerüst, während wir an den Porten, Commoden und Waschcaraffen von Arnold & Bach rüttelten; bloß noch unbeholfener und tölpischer; jeder Boulevard hätte geschäumt vor Ernüchterung angesichts dessen, was wir noch nicht einmal als die Komödie auffaßten, die aus dieser Abschiedsvorstellung mit diesen beiden Schmierenspielern entstehen mußte. Als ich die Anekdoten über meine Herkunft und meinen Hintergrund, bis hin zu den saftigeren, knorpeligeren, ausnahmslos alle erzählt hatte, hielt ich wenigstens im Vorbeigehen um Lulus Hand an. Sie zungte auf mich zu und wies mich gleich ab, sofern ich sie nicht hartnäckig bohrend und wühlend, unter Zuhilfenahme eines Markenberges geklebt auf zärtliche, mich unsäglich erniedrigende Briefe, in eine Verbindung mit meiner Person drängte. Sie solle in mein Hotel kommen und sich einfach zu mir setzen, um selbst zu sehen, was geboten werde bei mir.

Vor dem Fenster. Im gegenüberliegenden Haus zog Lulu-Mutter, mit ihrem Bein in einem Bottich rührend, das Schnupftuch aus dem Strumpfband; und oben, über uns, raschelte Vaters reißende Zeitung, ins Radio hinein, Gehäuse einschlagen, ins Gehäuse damit. »Komm weg von hier.« Sagte ich.

Sigmund: Wer ist gemeint mit »ich«? *Lulu:* Wir kennen uns nicht, aber wir mögen uns ganz gut. *Sigmund:* Wie ich höre, hören Sie meine Geräusche auf der Währinger Straße nicht. *Lulu:* Larsen hat mir davon erzählt, als er mit mir am See war. *Sigmund:* Sie lassen mir meine Staubkarrengeräusche, und ich lasse Ihnen Ihren Larsen. *Lulu:* Laß, laß.

Bei einem mit und auch ohne kindliche Zurückgebliebenheit furchtsamen Mädchen wie Lulu war es ein unwesentliches Vorhaben, sie mit dem notwendigen Nachdruck in eine Verbindung zu treiben; und ich führte mein Vorhaben zum Ende. Etwas anderes als eine Heirat mit zwei vorgenommenen, in der Abendröte gemachten Kindern war bei den neuesten, den Mann der Straße und auch den weiter oben auf ihrer Seite wissenden Erkenntnissen ausgeschlossen. Ich war grob, ein unbehauener Klotz mit quadratischen Vorsätzen, aber ich sorgte für sie und zu ihrem Besten in meiner besitzergreifenden Art.

Nach einer Reihe von Monaten kam sie fast freiwillig zur Einsicht, daß es Schlimmeres gab, als mit mir verheiratet zu sein.
»Du bist der wildste Sprachmeiler«: So oft sie mir den Erfolg meiner Bemühungen um sie [»es geht besser, ich verspreche es«] zu bedenken gab, brach ich in einen Krampfhusten bei geschlossenem Mund aus, der Mund platzte unter dem Druck meiner Kontraktionen auf. So oft ich das erlitt, wurde sie, der ich eine Störung wenigstens ihrer gesundheitlichen Existenz hatte ersparen wollen, irritiert und blickte flink mit einem mich schamübergossen machenden Staunen auf meinen dabei ausgehusteten Speichel; ich würde das Folgende, das Lulu geschickt anbrachte, am liebsten mit dröhnendem Stillschweigen übergehen. Ein fachtüchtiges Vergessen putzt die Tafel blank, gestattet unbelastete Neuanfänge. Oder, man kennt das, eine Wachstafel als Gedächtnis, das ewige alttestamentarische Wachstäfelchen mit den perfiden Gravuren...es steht neben einer Kerze, seine

Schrift verschwimmt und tropft auf die Unterlage, man kennt das noch nicht genau genug. Die Neuanfänge sind zwar von der Materie, die einen würgt, unbelastet, nicht aber vom Wissen, daß *man*, Verzeihung, daß *ich* im Hauptberuf ein Vergessender war, der nicht anders konnte als zu dieser klugen Streichung alter Schuldkolonnen immer wieder Zuflucht zu suchen; Patientin da, schwätzt zu meinem kargen Reden, oder umgekehrt: schweigt zu meinem zerfahrenen, zu meinem hintersinnigen Schwatzen, während mein brennendes Interesse an dem, was hartnäckig verschwiegen wird von mir und von ihr, längst geweckt ist und nur noch versucht, das, was nicht gesagt wird, so zu sagen, daß es nie mehr gesagt zu werden braucht; nach mir das Schweigen.

Unsinnig ist die Annahme, der mich bis zur Roheit abstumpfende Bericht meiner Patientin bleibe länger in meinem Kopf als bis zum Augenblick, wo die nächste Patientin die Praxistür aufklinkt; auch sie, die Neue, für die auch ich einer in einer Reihe bin, hat ein Recht auf meine muntere, geschäftsmäßige Unvoreingenommenheit, wie auch ich von ihr nicht mit anderen Beziehungsbrocken in einen Topf geworfen zu werden wünsche; konkret; hart ans Ding heran; Lulu huschte um meine Sprechstunden herum, wisperte, so daß die Intensität, mit der sie da war, ahnen ließ, wie lange sie noch da sein würde, unverbraucht, mich nicht verstehend, mich überlebend, meine Diplomarbeiten nach meinem Tod vernichtend. Dazu kam, daß sie, wie es bei schüchternen und nichts an sich heranlassenden Mädchen der Fall sein konnte, für »rückblickend reine« geschlechtliche Beziehungen sehr empfänglich war; in dieser Hinsicht verlieh der, der aus meinen Kleidern schlüpfte, ihrem Leben beim Ungeheuer eine Würze, die sie bis dahin nicht gekannt haben konnte.

Sigmund: Aber Sie kannten. *Lulu:* Hinter den Vorhängen steht einer. *Sigmund (erleichtert):* Ach. Tatsächlich. Ich bin's selbst. *Lulu:* Gefällt Ihnen der Ort, an dem Sie wohnen, nicht? *Sigmund:* Larsen hat Sie verpfuscht, Lulu. *Lulu (woanders):* Gleich gehe ich hinauf und koche Ihnen ein warmes Plättchen. Wir mieteten eine Wohnung im unmittelbaren Südosten Wiens und lebten, wie gewünscht und herbeigesehnt, unter so etwas wie einem mit Chemikalien durchsetzten lombardischen Himmel.

Das Landhaus, in welchem unsere Wohnung just den Erker füllte, war ein monumentaler, die Gegend bezwingender Bau aus dem 18. Jahrhundert nach Christi Himmelfahrt, es litt an einer äußerst homogenen Fassade, über die wohl eine mörderisch riesige Lochwalze weggerollt war und regelmäßig Fenster ausgestanzt hatte, kleine Fenster, dafür unendliche Reihen, jede Erdrückungskammer mit eigenem Lichtschalter und katholisiertem Christus über einer schmalen Pritsche. In einer Aufwerfung war Stuckwerk weggeschlagen, und ich brach alle Traufengnome ab und versammelte sie auf der Terrasse; offenbar war das Landhaus von mönchischer Architektur und pfarrherrlichen Geschmacksnerven mehr als nur beeinflußt; heizbare Refektorien und elektrischer Bratenwender in der Klosterküche; seine imposante, eine darniederliegende Gegend steinern weiter deprimierende Machtmißbrauchsnüchternheit wurde stummer Zeuge unserer Untaten; an Mauerrissen und hinter sich lockernden Verschalungen zementierte ich eine Weile herum, selbstredend ohne Erfolg; der Zerfall hatte begonnen und war auch mit Stahlstreben nicht mehr aufzuhalten. »Alles Venezianische muß versinken, sonst wird es ertränkt.« Abends gellten unsere kehligen Schmerzlustschreie zum magyarischen Himmel empor, und ein Teppich von funkelnden Lichtlein brannte weit hinten, wie hoch über die Stadt gehoben.

Wien, über das kurz ein Fetzen Literatur gemacht sei: sie, die Stadt, eigentlich ein Städtchen wie Bruck oder das andere Bruck, war von einem malerischen Kreis sanfter Hügel umringt, welche schmelzend übergingen in eine der vielen Ebenen, die sich zu einer Ebene zusammenschlossen, genau wie sich die Hügel zu einem Kreis zusammentaten; leider nicht genug Hügel für einen Kreis, aber Wien überlebte; Wien überlebte alles; von den sanften Hügeln aus beschafften wir uns eine sittsame Aussicht aufs Städtchen, falls wir dem Städtchen nicht die Hügel ohne Aussicht vorzogen, in deren Mitte, hätte es genug Hügel gegeben, das Städtchen übertürmt gelegen haben würde, weit davon entfernt, den in seinen Gasthäusern aufgelegten Prospekten gerecht zu werden; sie forderten ihm nämlich gastliche Wärme, seelenvollen Humor und rein peinigend altertümelnde Entstaubtheit ab; dies desto brünstiger, je stärker die unendlichen auf den Flanken der sanften Hügel grassierenden Föhrenwälder ihm einen Dauerschatten aufgossen, der ein finsterer war und sich in keiner Tageszeit, in keiner Jahreszeit verflüchtigte, so stark ihm die chemischen Elemente, die mir die Kopfhaut purgierten, auch zusetzen mochten. Über den Daumen visiert hätte sich über Wien in jenem, Wien und seiner Exotik gewidmeten, Abschnitt wenigstens sechzigprozentige Literatur machen lassen; worauf ich, da ich Lulu und meine Reaktionen auf ihr Curriculum kannte, ohne Umstände verzichtete.

Meine Person sprach wenig mit den Nachbarn und schob auf den Teichen der Umgebung hin und wieder eine ordentliche Eisstange; nach kurzem Gleiten kam sie zum Halten, falls sich nicht unter ihr das Eis öffnete und sie ins Wasser schlang; sommers, falls es Sommer war, auch Sommer waren totzuschlagen, sommers spielte ich mit mir selbst, notgedrungen in einer gedeckten Halle, in der Lulu mich besuchte und schlug. Larsen hatte an der Währinger Straße, vor meinem Schreibtisch, der mich in meiner Abwesenheit nicht schützte, ein Feldbett aufgeschlagen oder legte sich über mehrere zusammengeschobene Stühle, um zu dämmern, um zu schlafen, um Ruhe zu finden vor dem, was keine Ruhe ließ; dieweil er, Schirach der Schulfreund, reines Methanol trinkend und am Konservatorium, wo sein Lied sechsstimmig im Stahlstich publiziert wurde, ertaubend wie Beethoven, die künftige Jugenderziehung unter sich zusammenfaßte; unsere beiden Kinder würden wir zu v. Schirach schicken, wenn er Dresden überlebte; Lulu besuchte einmal die Woche ihre schweigsamen, beide waren sie schweigsam geworden und pflegten sich die Brust in Vaters Haus, ruhig ins Radio schauenden Elternteile im unmittelbaren Norden von Wien; um ein bescheidenes Maß an Symmetrie zu wahren, unter so etwas wie einer mit Chemikalien durchsetzten polaren Hemisphäre, in der es sich leben ließ und nicht lange.

Wenn ich mein gesamtes Verhalten und meine Möglichkeiten in der feindlichen Gesellschaft berücksichtigte, so war das mit Lulu und der Vorstadt ungefähr das, was ich verdiente und mir gefallen lassen mußte...

...so wird es nie mehr sein, aber so war es; so wird es nie mehr sein, von jetzt an wird es anders sein; so wird es nie mehr sein, bald ist es anderswo so; so wird es nie mehr sein, nur alles andere ist noch so und bleibt ewig so; so wird es nie mehr sein, höchstens wird es wieder einmal so werden; es wird nur noch so sein, jetzt und später, hier und überall; das ist die ganze Neuigkeit, Lulu kennt sie längst auswendig; darum änderte es sich, darum wird es sich ändern, es wird kein Fenster neben dem anderen bleiben...

...daran schuld, daß ich nichts mehr wußte, war der Wunsch, nichts mehr zu wissen. Die ziemlich aristokratisch wirkenden, von außen undurchdringlich, von innen unentrinnlich drohenden Fenstergitter unseres Landhauses herrschten souverän über den weiten davorliegenden Platz, eine wie hingeworfene wellige Steinlache, an deren Rand sich eine Abtei und ein Galgen erhoben, zwischen ihnen eigenartige Marktanlagen, flatternde Decktücher über Verkaufsständen, in denen nachts die serbischen Ratten...ich wußte nicht viel darüber. Dann, nach fünf Monaten Ehe, wurde offenbar, daß ich ein Voyeur war, und, wie ich ohne falschen Stolz erwähnen möchte, ein hervorragender Stratege dazu.

Lulu: Ein Napoleon des Blickes. *Sigmund:* Lassen Sie im Dunklen, was Sigmund sieht. *Lulu:* Nehmen Sie bitte den Schreibtisch aus Ihrem Teeglas. *Sigmund:* Hören Sie mein Rieseln? Wenn ihm die Verwaltung doch vierrädrige Karren geben wollte! Weiter unten muß er die Fließbänder wischen. *Lulu:* Jetzt kommen wir ins Freie, Sigmund. *Sigmund:* Ich nicht, nur Sie. *Lulu:* An einem hellen Augustabend gestattete ich Lulu, mich auf eine Wagenfahrt zu begleiten, ehe es für den alten Wagen zu spät war. In der Luft lag der sommerliche Geruch von Tränen, als ich den Wagen mehrmals mitten in der Abenddämmerung bremste; die Dämmerung verdunkelte nichts; alles war deutlich da; nichts fehlte; nicht einmal ich, Sigmund Keener; an einer Ecke des Türkenschanzparks stellte ich den Wagen hin, Gregor-Mendel-Straße/Peter-Jordan-Straße, falls es sich um den Türkenschanzpark handelte.

Was die Wiener Parks und die Wiener Einzelheiten betraf, machte ich mir nicht mehr viel vor, Lulu machte sich noch weniger vor, ich machte mir noch weniger vor, Lulu machte sich noch weniger vor, ich machte mir am wenigsten vor, was die Parks anging und den Rest; sobald der Wagen stand, versicherten wir uns gegenseitig unserer Zuneigung, mit spitzen Küssen und leichtem Kratzen im Hals. Viel sprach dafür, daß wir in die Nähe des Neusiedler Sees gekommen waren; ich kannte mich nicht aus, erblickte jedoch tiefe Stellen gegen den Rand zu oder gegen die Mitte, einen Schiffssteg in seinem Eichenbalkenmoder; bei all dem war ich unfähig, anzugeben, wessen Rand oder welcher Sache Mitte meine überanstrengten Augen meinten, wenn ich tiefe Stellen wahrnahm, gleichsam durch die Oberfläche der Erscheinung, sagen wir ruhig, des Neusiedler Sees hindurch, ganz als hätte das Wasser aus Luft bestanden und die Luft aus Leere; es sei denn, ich hätte diese mich auf einmal aus allen Beziehungen hinauswerfende Verschwommenheit auf die Anwesenheit eines Parks zurückgeführt, den sie, die Wiener Behörden, an die Stelle des Neusiedler Sees gepflanzt hatten. Ohne meinen Händen nachzugehen wußte ich, daß ich im abgestellten Wagen meinen Operngucker aus dem Handschuhfach nahm und – möge es der Türkenschanz sein – in den Park zu starren begann und alles um mich herum, nachdem es mich losgelassen hatte, vergaß. Lulu muß mich betrachtet haben, ein erstauntes Schweigen kultivierend, das sie und mich umgab und unsere Köpfe einhüllte, um sie an der

Stirn zu nässen. Ich neige zur Ansicht, daß ich unvermutet erregt wurde; allem Anschein nach flüsterte ich Lulu heiser zu, sie möge einmal durch den Operngucker hindurchschauen und nachprüfen, ob, was ich entdeckt habe, sich abspielte.

Ich reichte ihr das Instrument und richtete es vor ihren Augen auf eine Stelle, die etwa 200 Meter oder viermal oder halb so weit entfernt lag, im Schatten eines Baumes, genau in jenem Fleck Schatten, den eine erstickte, in ihrem Astgeweih blattlose Akazie zu spenden imstand war; jede Sonne von jedem Firmament wegverdunstet; die Akazie ein leicht brennbarer Baum, vielleicht verzehrte ihn ein Brand bis zur Spindligkeit; ein Baum, der auch nach Einfall der Dämmerung so rüstig weiterbestand wie während des vollen Tageslichts, kein Aufhören gab es für diesen Baum, der kein Aufhören kannte und womöglich keinen Tod. Eine erstaunliche Behauptung, nehmen wir sie zurück! An der von mir bezeichneten Stelle erblickte Lulu ein Pärchen Backfische, die sich paarten. Als ich ihr zeitweise das Opernglas wieder abnahm, wich sie vor mir zurück; der Sitz gab nach, pfiff, die Wagentür öffnete sich halb, während sie die Scheibe hinunterdrehte. Ob ich in meiner Erregung ihren Ekel bemerkte, muß ich bezweifeln. »So schau sie dir doch an, die Frischen.« Wisperte ich, flüstere ich. In den Ebenen der Piktaven antworten die Wildesel auf die Klänge des Bockshorns, das sie ruft; Voltaire. Ich schob das Opernglas in die Handschuhlade, kletterte über die Wagenschlüssel, die auf dem Leinensitz lagen, drückte Lulu auf die hintere Sitzbank hinunter und erfreute sie ziemlich geschlechtlich ohne Frage und Aufforderung, indem ich mich gnadenlos an sie verschenkte und dabei an jenen Kausalsatz von der Aussicht auf vollkommene Einheit dachte, der mir, wie ich mich erinnerte, aus verschiedenen Schriften des Altertums und des Mittelalters bis zur Reformation geläufig sein mußte. Als die Backfische ihren Höhepunkt ertrugen, strebten wir langsam und zögernd dem unseren zu; sofern ich gemeint war; was mich betraf, so fiel es vor; nachdem es mir geschehen war, sank ich in einer bejahenden Betäubung auf die Wagenschlüssel zurück, während Lulu, nachgiebig, stumm und kaum vorhanden, mit gekreuzten Armen im Fußraum des Wagens kauerte, wenn es überhaupt ein Wagen war, in dem es, falls es geschah, geschah.

Wenn ich mir schon in bezug auf Parks und ihre Wiener Erscheinungsformen nichts mehr vormachte, so hatte ich noch weniger Gewißheiten, was das Auto betraf; wie hätte ich mir im Schweiße meiner Honorare einen Wagen leisten können, außer eine vermögende Patientin hätte mich in ihrem Wagen mitgeführt? Wenn schon eine Erwähnung des pekuniären Schindangers, dann diese.

Sigmund: Auf einmal bin ich sehr sehr müde. *Lulu:* Ihre Küche ist schön. *Sigmund:* Wo sind Sie; bei Sigmund? *Lulu:* Ich bin ein Stockwerk über Ihnen. *Sigmund:* Also gehe ich hinter die Vorhänge. *Lulu:* Sind Sie müde, weil es plötzlich kommt? *Sigmund:* Nein, alles ist fein. *Lulu (matt):* Mein Name ist der, den Sie mir gegeben haben. *Sigmund:* Haben Sie, Lulu, die 600 Schilling heute schon auf dem Boden zerbrochen? *Lulu:* Alles geht entzwei, Sigmund. *Sigmund:* Fein, *(vor Evidenz rhetorisch)* fein! *Lulu:* Als ich den Zündschlüssel gedreht hatte, fuhren wir zum Landhaus, wo die Luft, die atmosphärische Wiener Luftigkeit, in den Mundwinkeln biß. Indem er eben damit beschäftigt war, Larsen die Schlinge um den Hals zu legen, winkte uns Lulus Vater, in der Kutte eines Abts, von der leicht erhöhten brutal zusammengeschreinerten Plattform des Galgens aus zu.

Larsen, dem sein irrsinnig fletschendes Testament im Gesicht geschrieben stand, konnte, weil er sich mit dem Vorwärtskommen unserer kleinen Limousine mitdrehte, um uns nicht aus den Augen zu verlieren und dem blöden Sinn, keinesfalls v. Schirach sein; jedenfalls trug er keine Banderole am Arm und erhob zum Gruß den Arm nicht; doch dann tauchte, als ich in den dritten Gang hineinkuppelte und das Pedal erbittert den Ritzeln die Zähne ausschlug, Lulus Vater auf, schweigend wie ein Gebäude, und er schob die aus des Abtes Kutte gezogene Pfeifenahle in die Augen Larsens, der sich gewalttätig vergangen hatte an seiner Tochter in der Zelle. Die Augen schrien ganz erbärmlich, so daß ich mich um ein Haar nach Larsen, der sühnte, umgewandt hätte, die Limousine weitersteuernd mit Lulu neben mir, die mir in den Arm fiel, mich nicht abbringend von der eingeschlagenen Bahn, bis ich mit ihr und der ziemlich wohnlichen Limousine [»Um sie, teurer als mein Teppich, wäre es schade gewesen«] an der Fassade unseres Landhauses beinahe zerschmettert worden wäre. Garage. Ich rannte in die Garage, zog vor Ekel ein Paar Pelzhandschuhe an, hakte die Sauerstoffflaschen für den Schneidbrenner ab, setzte mich neben die Zerschmetterte, die innen in den Limousinenresten tobte, flammte auf und hatte, als der Abt herankam und sich zum Feuerchen setzte, sie fast schon herausgeschweißt, zumindest ihren jetzt mich malmenden brüstigen Oberkörper mit den von der Brennerflamme weiß bestrahlten und fleischerne Morbidität herauswuchtenden Häuten. So wie sich meine Dinge entwickelten, verkehrte ich mit Lulu andeutungsweise noch zwei weitere Male in derselben Nacht, um dann auf Jahre hinaus jede Annäherung zu unterlassen...

...worauf ich liege, Rücken nach oben. Die wachsende Luftblase im Gaumen. Die Lampe brennt. Ihr Schattenriß auf der Wand muß gleich kommen. Gespräche plötzlich abgebrochen. Meinetwegen? Wo sekretiere ich soviel Respekt? Immer wenn sie das berichtet, blutet mein Zahnfleisch. Diesmal nicht, aber sicher das nächste. Das Ungeheuer. Ich könnte Zähne ziehen lassen, in Fünfern, oder Null aufs Mal. Ein Röhrchen. Brei mit Strohhalm einnehmen. Aber wozu dann Brei einnehmen? Ich könnte Zähne selbst ziehen. Maschine erfinden, nicht das Anbinden des Mundes an der zuschlagenden Tür. Ratsch. Der nächste. Fein. Jahre können ohne falsche Rücksicht...Lulu...worauf ich liege, oben wo der Rücken ist. Ich habe etwas zwischen Nagel und Finger. Kerzenreste...

...Jahre konnten ohne falsche Rücksicht sehr kurz sein. Nachdem sich zwischen Lulu und mir Szenen abgespielt hatten, die jeder, auch der räumigsten Vorstellungskraft spotteten, herrschte ich Lulu an...

Sigmund: Vergessen Sie bitte, wie ich mir an der Kante der herausstehenden Lade die Kniescheibe herausschlage. *Lulu:* Unsere Träume widersprechen dem. *Sigmund:* Ich möchte Ihnen erzählen, wie ich mir das Recht nehmen werde, selbst zu erzählen. *Lulu:* Sigmund ist müde. *Sigmund:* Ich habe einen Hunger, der mich verzehrt. *Lulu:* Wegwerfen, rasch wegwerfen. *Sigmund:* Ich herrschte Lulu an, sie solle die Bewegungen jener jungen, in tiefen Zügen Zerrwelt atmenden Rauschgiftsüchtigen nachahmen, die wir im Türkenschanz, nachweislich im Türkenschanz, mit dem Opernglas gesehen hätten. Es war, nach all dem, was jeder mir dagegen beweisen konnte [»alle wissen nichts«], der Türkenschanz, der sich nicht von der Stelle rührte und mit seinen schäbigen entkleideten Akazien groß tat.

Am nächsten Morgen stand ich früh auf, rasierte mir das Gesicht weg, nahm ein warmes, sehr warmes Bad in meinem gelblichen Wasser und ging zur Arbeit nach unten, in die Praxis, der es regelmäßig gelang, mich systematisch und reinlich und gar nicht erfolglos zu erledigen. Nicht daß ich nicht gewünscht hätte, unter der Arbeit zusammenzubrechen; ich wünschte das sehr wohl und forderte meinen Nerven das Beste ab, wenn sie verbraucht waren. Jeder meiner in kurzen Abständen erfolgenden Zusammenbrüche vor meinen Patienten und auch vor ihr, der Patientin, deren Urteile über mich ich nicht ertrug; jeder Zusammenbruch war das Zeugnis einer Beschäftigung, der aufs gewissenhafteste nachgegangen wurde, so daß sich, allein aus dieser Gewissenhaftigkeit heraus, ich wußte um meine absolute unerzählbar pedantische Gewissenhaftigkeit des von sich selbst Besessenen, eine Ausweglosigkeit ergab in meiner Praxis, die mich allmählich nicht mehr an ein Aufkommen vom Schreibtisch denken ließ, sondern bereits jeden Gedanken an den Gedanken eines Aufkommens verhinderte, sowie natürlich den Gedanken, es könne ein Gedanke in mir wachsen, der andere Gedanken nach sich ziehe. Kollapse. Sie traten in der Regel, rasch stellte ich eine für mich auf und ließ sie viermal pro Woche von Lulu absegnen, in der Regel traten sie zu früh ein und dauerten zu lange; schon mittags oder spätestens eine Stunde darauf war ich erledigt wie eine aufgegebene Aufgabe und fühlte mich so erschöpft, daß ich nur noch im Takt eines Metronoms die Kniemuskel verdicken konnte und damit den schweren Schreibtisch, meinen Schutz, hochhob, ziemlich ohne Mühe. Er schwebte und ... Kitzeln im Hals, als rolle mir das Rädchen eines Entfernungsmessers über eine Schlagader und bleibe vor einem beflaumten zugesperrten Austritt stehen, und ich lese ab: kleinster Maßstab, nach zwei Millimetern ist jeder Weg zu Ende...senkte sich gleitend auf den Teppich ab; der auf einmal luftleichte Schreibtisch! Wenn sie jetzt nicht auf mich losstürzten, hatte ich den Beweis dafür, daß ich nicht mehr da sein konnte, wo ich mich vermutete. Es gab sie, und sie waren bereit, mit mir etwas anzufangen, sobald ich mir eine Blöße gäbe; daß sie mich nicht abführten, verdankte ich dem Umstand, daß sie mich nicht sahen; daß sie mich nicht sahen, beruhte darauf, daß ich einen zurückgelassen hatte, der nicht ich war; und das wußten sie wiederum und behandelten ihn mit der peinigendsten Verachtung, indem sie ihn nicht behandelten, sondern ignorierten. Meine Sprechstunden und Auseinandersetzungen und Handgemenge und tätlichen Angriffe, ein Gebiet, das ich wegwerfend »Zwischenhandel« nannte, gaben unterschwellig eine ausgiebige Arbeit auf, die von jeder daran beteiligten Person das Härteste forderte, weil sie gleichzeitig mit der schmerzenden auch die betroffene werden konnte, jederzeit, an allen Orten, unvorbereitet.

Da sitzend an der Arbeit, mich zersetzend von oben her, die Hände in meine Weste gekrallt, abgemagert und gealtert, hielt ich Lulu mein leidenschaftliches leeres Gesicht entgegen, atmete begierig den Geruch ihres Tabakwassers, lauschte atemlos dem arhythmischen Geräusch ihrer Schritte oberhalb der Praxis. Ich sah keine Möglichkeit, sie zu trösten über das von mir Erfahrene, und sie stand endlich, genau über meinem Kopf, still und richtete, nach allem, was ich mitten in einem

Geständnis [»ich richte mich an alle, schamlos«] aufnehmen konnte, die Strohblumen in einer Vase mit Strohblumen, wobei sie die Vase fallen ließ und die Strohblumen langsam, umsichtig und überlegt streute um die Scherben herum. Kraft meiner vermuteten Fähigkeiten war ich nicht der Mann, mich sehr lange lumpen zu lassen in bezug auf das, was mir gehörte und, falls es nicht mir verwachsen war, mit mir schließlich zum Verwachsen gebracht werden mußte. Nachdem ich am betreffenden Morgen zur Arbeit in die Praxis hinabgestiegen war, durchsuchte Lulu oben meine besondere Ablage, über die ich ihr soviel mitgeteilt hatte, daß sie es als ungeschickt empfinden mußte, sie zu öffnen, da ich einen Wust schlagend persönlicher Effekten darin aufbewahrte und mich geweigert hatte, die Natur dieser Effekten preiszugeben.

Sie fand, kaum hatte sie meine als Mantel darübergelegte Diplomarbeit weggeschoben, als hätte sie sie gelesen, meine vier kostspieligen Operngläser und ein schlichtes Magazin mit den von Larsen gierig abgegriffenen Ecken und einer wöchentlich ausgeworfenen mehrfarbigen Abbildung, die unter anderem den trostlosen Hintergrund einer rußigen und mit verschmierten Fingerabdrücken besäten Vorstadthäuserzeile Wiens zeigte, mitten in einem Gärtchen eine auf den Mäher zurückgelehnte Frau mit einer elastischen Gerte, die den Penis eines

Mannes von unerträglichem Körperbau leerte. Erwartungsgemäß legte Lulu, nachhaltig abgerichtet von mir, diese Effekten dorthin zurück, wo sie sie nicht gefunden haben durfte, legte meinen Diplommantel [»drei Tage für ein Diplom, drei Tage«] darüber und verfiel bis zu meiner Rückkehr die Treppe hoch in eine Todesangst vor mir, bis ich, einmal mehr erledigt, wie, meinetwegen, ein geknüppelter Hafersack mit einem Restchen Inhalt, dort, wo die Haupttür unserer Behausung war, hereinkroch und mit dem Gesicht nach unten liegenblieb, um mich nach mehreren Stunden auf die Seite zu legen, wenn da genug Platz für mich war…

Sigmund: Mein Hunger hat den verzehrt, der Hunger gehabt hat. *Lulu:* Sigmund hat erst gegessen. *Sigmund:* Fein. Schau. Da vorn. *Lulu:* Soeben. *Sigmund:* Soeben war ich noch nicht bei Bewußtsein. *Lulu:* Sie haben gegessen, während Sie das Bewußtsein verloren haben. *Sigmund:* Schön. Wie kann ich schlafen, während ich esse? Kann ich essen, wenn ich schlafe? Schwarz. *Lulu:* Ihr Hunger ist gestillt worden, während Sie schliefen. *Sigmund:* See. Weit weg. Ach so. Ich wurde gestillt. *Lulu:* Ob es ein Damm war, blieb mir verborgen; als er aber einmal gebrochen war, schwemmte die elementare Gewalt meiner ausgefeilten Satisfaktions-Strategie die undurchsichtige und alles verhärtende Kristallbildung zwischen uns fort.

Ja; ich hatte die Auskunft erhalten, daß zwischen uns etwas war; und bei näherer Prüfung stimmte ich dieser reinen Freude zu.
Wenn mir alle Stellen im Türkenschanzpark bekannt waren, wo ich Liebespaare ausfindig machen konnte, so kannte ich auch die Stunden, in denen gerade noch genug Licht des schwindenden Tages schien, um sie zu erspähen; und genug sanftes Blätterrascheln der aufgereihten Akazien, um selbst Lärm zu machen mit ihr, ohne gehört zu werden; um selbst eine Erscheinung zu sein, ohne gesehen zu werden.
Ich wußte, wo die bleichen, schimmernden Kugeln der Lampen uns geschwinde Blicke in die Reihen der parkierten Wagen erlaubten, in denen wir bei Gelegenheit ein heranwachsendes Paar in geschlechtlicher Vereinigung sehen konnten; drei oder vier Nächte pro Woche nahm ich Lulu mit hinaus; falls ich dann sicher fand, was ich suchte.

Währinger Straße. Der Staubkarren kippte. Er hing an den Armen an der Deichsel und suchte dasselbe. Statt dessen hatten sie ihm die Währinger Straße gegeben, ihm allein; sie gehörte ihm; von außen.

Sehr oft bestand auch kein Zusammenhang zwischen unserem Finden und unserem vorangegangenen wütenden Suchen; Gregor-Mendel-Straße;

wenn ich auch meine, daß die Aussicht, etwas zu finden, zunächst mein Suchen anspornte und dann Lulus Suchen ins Leben rief und dann mein Suchen entzündete und dann Lulus Suchen befieberte und dann mein Suchen vertiefte und dann Lulus Suchen erhöhte; wenn ich all das und mehr meine, ohne alles, was ich meine, zu gestehen, so denke ich auch, daß ein Suchen, wie unvorstellbar das klingen mag, daß ein Suchen, das wußte, es hatte nicht die geringsten Aussichten auf Erfolg, nicht möglich gewesen wäre; sondern unser Suchen, nämlich mein Suchen und ihr Suchen, wußte im voraus um den Erfolg, mit dem das Finden unserer Gesuchten unser Suchen lohnen würde; es lohnte.

Blitzartig zwang ich Lulu dann zu geschlechtlicher Tätigkeit im Wagen; außer ich hätte sie damals nach Hause gefahren an den See und an den brükkenartig in die Neusiedler Sternennacht hinausragenden Schiffssteg mit dem unheimlich leise klatschenden gefräßig hungrigen Seewasser um die festen kaum spleißenden Pfosten herum; und ließ sie dort vor dem siebzehnten vergitterten Zellenfenster wiederholen, was sie dank mir durch ein durchsichtiges Wagenfenster an der Mendel-Straße gesehen haben mußte.

An einem beliebigen Abend nahm ich sie zwei Monate später mit ins Landhaus, falls es dieses Landhaus war; es lag an einem See, nicht am Neusiedler, am anderen, zweiten Wiener See; dieser See übertraf alle Seen in und um Wien; ich hatte noch nie einen See gesehen, der dem Türkenschanzpark, dem Park ganz allgemein, so ähnlich hatte sehen können, ohne auf wesentliche Attribute, die ihn unter allen Dingen zu einem See machten, zu verzichten.

Ich war an diesen Erscheinungen aufgehängt. Für mich formulierte ich das so: Ich hänge an diesen Erscheinungen. Machte ein leichtes Geschwür. An der Wange. Hörte trotzdem. Es wurde bekämpft, dehnte sich nicht aus. Aber die Wange konnte weggehen. Das war auch ein Ergebnis. Von der fünften sank ich in die sechste Klasse ab und konnte nicht mehr ohne es sein; und auch nicht ohne sie; es war sinnlos; es machte auch Angst; aber in erster Linie war es sinnlos.

Lulu: Das wollten Sie bestimmt auch gerade sagen. *Sigmund:* Fein. *Lulu:* Habe ich mich verändert? *Sigmund:* Berichte über die Lust machen mich matt. *Lulu:* Sigmund ißt mehr als früher. *Sigmund:* Nein. *Lulu:* Fein. *Sigmund:* Das Leben ist etwas Fremdes geworden. *Lulu:* Als es dunkel war ... *Sigmund:* Als ich die neuesten Paare, die – nicht mehr unschuldige genitale Kinder, aber noch nicht schuldige anale Hausbesitzer – wie finstere Punkte auf den Parkbänken saßen, in der hereinfallenden Dämmerung, gleich war es Nacht, genau durchging, wurde ich aufgeregt darüber, daß ich mich da draußen noch zeigen konnte, und drückte Lulu das Opernglas in die sich verweigernden Hände; in einem enormen Ausmaß angewidert und immer noch zu scheu, um mich anzuspucken, starrte sie auf ein Backfisch-Mädchen, das vor einem Mann untersetzter Statur ohne besondere Merkmale kauerte; sie im ersten, er im zweiten Fünftel des betreffenden Lebens.

Bei dem Mädchen konnte es sich leider nur um eine willenlos gemachte Rauschgiftsüchtige handeln, die ihre Sucht nach den Hirngiftstoffen mit den Tausendschillingscheinen stillte, die derartige nicht mehr ganz junge Individuen ihr boten, sofern sie vor ihnen in die Knie ging; sofern sie einen Park oder sonst einen Haushalt dafür fanden; eine Täuschung über das, was vorging, weil ich es sah, war kaum anzunehmen; während ich Lulus Haaransatz berührte, als wolle ich sie unbedingt berühren, grinste das Individuum die Kauernde verzerrt an, ehe es sich in die Rücklehne der Bank krallte und die Schuhe an den gestreckten Beinen aus den Zigarrenstummeln hob. Ich warf das Opernglas in den Fonds, packte Lulu bei ihrer

Verschüchterung und schrie sie einschüchternd, niedertretend an, mit mir gradweise dasselbe zu tun; hätte sie mich damals bewegt in irgendeiner Faser, ich würde es erwähnt haben; sie bewegte mich, aber ich war zu krank geworden, um sie noch länger heilen zu können, wie sie es von mir zu erwarten schien. Lulu wich naturgemäß von Grund auf zerwühlt zurück, oder aber ich ergriff sie bei ihrer Willigkeit und zwang sie so zum abgelauschten Vergnügen; wenn es vorüber war, konnte ich mit demselben Recht ihr Haar loslassen und auf meinen Sitz zurücksinken, wobei ich ein Einkrallen in die Rücklehne hoffentlich unterließ. Nach einigen Nächten nahm ich sie mit ins Landhaus und nötigte sie ohne falsche Tränenströme, im Erker ihren Mund dabei zu öffnen; was mir unterwegs schon gelang.

Die Beleuchtungen waren fest an der Decke angeschraubt. Unter einem Fenster stand unbeweglich ein tragbares Wännchen; undurchsichtig; die Fenster ließen sich nicht öffnen, ebensowenig wie die Wand zur Küche. Ich wäre unter Bedingung, plötzlich ein Baum zu sein, in unseren Erker hereingewachsen und hätte mich dort als holzäugiger Zuschauer verwurzelt; so, Keener heißend, war ich topflos und verweht; da Lulu offensichtlich zu erschöpft war, um aus der Ehe mit mir auszubrechen, und im übrigen viel zu niedergedrückt und unselbständig [»ich trage bei«], um mir offen entgegenzutreten, fühlte sie sich auf einmal körperlich krank, in einer Falle hinterrücks genommen; zunächst Klagen, die ich überhörte, dann Klagen, die sich artikulierten, dann Klagen, die an die artikulierten erinnerten, dann Klagen, die nur noch dalagen. Endlose, fürchterliche Nächte sah Lulu in ihrer Zukunft vor sich, sie würden für den Rest ihres Lebens anhalten; eines Lebens, das nur deshalb nicht erlosch, weil meines rascher erlosch und immer wieder meine Stimme zu Hilfe nahm, um mitzuteilen, es erlösche und wolle außer blutigster Peinigung, ausgeteilter und nicht erduldeter, nichts mehr wissen von jener Sache, die auf die widerwärtigste Weise ans Leben erinnere. In ihrer merklichen Ausweglosigkeit flüchtete sich Lulu an den Ort, der ihr als der vor mir sicherste erschien, nämlich in die Krankheit. Leider erwartete ich sie dort…

…Ich hätte das nicht tun dürfen, aber du hast es getan, ich hätte das nicht tun dürfen, denn du hast es mir verboten, ich hätte das nicht tun dürfen, dafür habe ich noch Schlimmeres getan, ich hätte das nicht tun dürfen, leider hast du es mir erlaubt, ich hätte das nicht tun dürfen, zum Glück durfte ich es unterlassen, ich bin dir ja so dankbar, ich hätte das nicht tun dürfen, sagst du mir, noch ehe ich es getan habe. Ich hatte ES noch nicht getan, und mir wurden schon die Verbote für alles weitere erteilt. Weil ich, unter Lulus Bewachung, die mit der elastischen Gerte auf die Tischplatte vor mir schlägt und dazu die Papiere aus dem Radio zieht, nichts mehr gestehen darf, gebe ich von jetzt an überhaupt nichts mehr zu, sondern möchte mich stillgehalten und mir die Stuhlbeine auf die Hände gestellt habend wissen...

...wohin sie nicht kommen durfte. Er stand vor meinem Fenster; der Straßenkehrer; streifte seine Hände am verzerrten Gesicht ab. Bis zu den Schuhschäften reichte ihm der Baustellenunrat, Holzspäne, Kleinschrauben, bis zu den Knien im Nebel stand er. Und mit einem Berg Hemmungen hatte Lulu hinter dem Berg gehalten, und als ich ihre alles zumauernden Hemmungen kennenlernte, machten sie ein weiteres Zusammensein mit ihr unmöglich; gleichzeitig waren ihre Hemmungen [»sie lassen sich mit meinen nicht vergleichen«], ganz abgesehen von ihren anderen, mich einengenden Gewohnheiten [»festgebunden und zwangsernährt«] ein Schutz, unter dem ich ungerächt meine Ablösung von ihr betreiben konnte; was ich ziemlich emsig, dabei unbeteiligt tat, indem ich die Vorhänge zurückzog und meinem Gesichtskreis neues Licht gab, meine fülligen Bilder aufmästete zu betäubenden Erstickungsdimensionen. Der Schreibtisch schwoll zum

Triumphbogen, und ganz klein lief ich unter ihm durch; ach so; er war ein Demütigungsbogen, also Stirn senken, Stirn senken, demütig aber rammend. Lampe anzünden, nicht vergessen, mich verstecken im hellen Licht, das ich verbreite...

Sigmund: Als es dunkel wurde... *Lulu:* Seelisch klaffen Sie weit auf, Sigmund. *Sigmund (resignativ):* Fein. *Lulu:* Es wurde wieder hell in uns. *Sigmund:* Nicht gesagt. *Lulu (ihn festschnallend und prüfend stumm anfragend):* Darum sind Sie bei zugezogenen Vorhängen wach gewesen. *Sigmund:* Sigmunds Erschöpfung. Wange weitauf. Übernehmen Sie den Part des sich zu Ende gehen Fühlenden. *Lulu:* Schön. Es wurde immer heller zwischen uns; viele Stimmen, viel mehr als zwei. Statt Dialogen Chöre von Deutungsmöglichkeiten, alle halbsinnlich-halberdacht orchestriert. Und das war gut so, Ferenczi, Adler, Jung, Reich, Rank, immer dasselbe Zweierzeremoniell, Inszenierungen derselben Regie, andere Schauspieler, ungeheuer ähnliche Stücke, ununterscheidbar von außen, aber das Zweierzeremoniell lehrte die Substantialität feiner Differenzierungen, und zu wieviel anderen sagte ich ständig Vater, selbst zielgedrängt das ausschließliche Patriarchat anstrebend. Wie erlitt Dostojewski seinen Vater; eine hilflose Frage, abermals gestellt, fast schon ein Buch mehr. Und das ist gut so, war so ergreifend, daß es berührt, ja, meine Ergriffenheit war eine, die einen sanft wiegenden Schoß unter sich fühlte… *Sigmund:* Bitte. Weniger aggressiv. Falsche Aggressionen aufsparen für den Professor. Ich, Sigmund Keener, bin nur sechste Klasse nach ihm. Da vorn. Es mir laut aufsagen. Bitte. *Lulu:* Es wurde wieder hell in uns. *Sigmund:* Vorhänge ziehen. Müde. Was geht er mich an, der, von dem Sie sprechen? *Lulu:* Ich rede, wie es mir ums Herz ist. *Sigmund (seine Fassungslosigkeit mit sehr sehr ruhigem Sitzen überspielend):* Wir werden uns darauf einigen, daß jemand etwas von einem erzählt hat, der neben dem, was der- oder diejenige ihm zuschreibt, auch Dinge geschrieben hat, die … *Lulu:* Sigmund holt Atem. *Sigmund:* Ich bestritt, daß ich an Lulus Verschüchterung irgendeine mich erdrückende Schuld trage und bezeichne mich aus der Erinnerung an Wien heraus als einen damals Treuen, Ehrlichen und neue Ehrlichkeit Suchenden und als einen, der, was er fand, als neue Ehrlichkeit bezeichnete. So viel gab es zu finden, so viel zu entdecken.

Und ich entdeckte es, mit Lulus Hilfe, allein. Meine Praktik setzte ich mit ihr fort, in verstärktem Maße während eines ersten, empirischen Jahres, in abnehmendem Maße während eines zweiten, pragmatischen. Daß, was geschah und was ich geschehen ließ, nicht sehr schmeichelhaft für den Fluß meiner Angelegenheiten war, erriet ich ohne näher hinzuschauen; hinzuschauen oder nicht genau hinzuschauen war um so leichter, als mich die neue Optik meiner alten Lust nicht gefangennahm, und noch weniger gelang es dem allgegenwärtigen unsichtbaren Feind, mich zu erobern und im Innern zu brandschatzen. Als ich Lulu um Mitternacht einer vergessenen Nacht mehrmals zu meinen Dingen zwang, schrie sie, Atem an meinem Ohr, Hände auf meinen Schultern, undeutlich »nein! nein!«, drehte ihr Gesicht weg von mir, keine Wärme mehr für mich, nur noch Eis, preßte ihre Kiefer hart zusammen, ein grauenhafter Anblick; die Krankheit, die ich als eine willkommene und durchaus verdiente Strafe, alles war eine Strafe, auffaßte, war doppelt eingetreten, eine streng symmetrische Nekrose aß unsere Beziehung. Sofern ich damit noch nicht begonnen hatte, durfte ich ihre erste Bewegung einer Abwendung von mir als eine Huldigung an mein weder übermäßig bereites noch hinlänglich mehr fähiges, immer gefügiger mitleidheischendes Geschlecht ansehen, kurz, als das Ende vom Lied zum Tod meines einzigen Menschen.

Auf den Schreibtisch gefesselt, meiner eigenen Person beraubt, hörte ich, Keener, mich Sigmund spielen; ich spielte sie alle, der Reihe nach; sie waren nicht zu spielen, ich kam nicht an sie heran; spielte ich sie, und sagte ich mir laut genug ihre Namen vor, so entfernte ich mich das Bißchen von mir selbst, das sie, weil sie sie selbst waren, nicht geschafft hatten. Jetzt war ich so bewegungslos, daß ich starr wirkte auf mich. Mit dem Stuhl nach vorn rückend tauchte ich mein mir verschwimmendes Gesicht in die vor mir liegenden eigenen und angeeigneten Papiere. Den Kopf hebend fühlte ich eine Wachsmaske vor dem Kopf. Blitzschnell hatte meine Hauttemperatur das Wachs zum Schmelzen gebracht; die Maske war nicht wegzuschleifen, auch nicht mit der Schere vom Kinn her aufzuschneiden. Alles haftete an mir, leider besaß ich nur ein neues Gesicht. Was unter dem Gesicht herausschaute, war ich selbst, und dennoch mußte ich das Gesicht einbeziehen, das neue…

…das Spiel eröffnet mit dem archaisch-koïtalen Geschehen, Lulu steht vor dem braunen Holzschrank mit der Schieberolltür: die Patientenkartei. Keener hofft, sie kann den Schlüssel nicht einführen ins Schloß. Sie bleibt wie festgehalten vor dem Holzschrank stehen und wartet, scheinbar auf den Patienten. Er hofft, sie kann den Schlüssel nicht drehen, wenn sie ihn schon ins Schloß der Patientenkartei bringt. Sie wirkt klein vor dem Holzschrank, schiebt ohne Mühe den Schlüssel glatt ein. Er hofft, die Rolltür bleibe stecken oder klemme sich fest, falls sie denn wirklich den

Schlüssel herumbringt. Sie wirkt so, als erwarte sie, der Rollschrank werde samt seinem tonnenschweren Material auf sie fallen; ziemliches Gewicht, beschädigt ihre Wange. Die Kartei neigt sich, sie weicht nicht zurück; der Kasten neigt sich stärker, Lulu will zurück, ist fluchtunfähig geschlagen durch ihr Erschrecken; mein Schrank wirkt allerdings stabil, sie eher unbalanciert. Hätte ich sie angesprochen, hätte sie mich angesprochen statt auf mein Ansprechen zu antworten; darum sprach ich sie nicht mehr an, sondern nahm sie schweigend. Und dann: mühelos – als wäre das nichts – dreht sie den Schlüssel im Schloß; die Rolltür schnellt hoch. Keener fühlt, wie die Rolltür, hinter der im Alphabet irgendwo sein Name registriert liegt, von nun an jahrelang immer so hochschnellen wird, mit dem Quietschen und der Geschwindigkeit eines aus seiner Packung deckelfedernd herausschnellenden elastischen Männchens mit dem ewigen langen und breiten und gesteiften Brustlatz und den eingetrockneten Mahlzeitflecken.

Er roch nach Undsofort, alles roch nach Undsofort; und hinter der Rolltür – ich, Keener, sah noch nichts, als ich es schon ahnte – standen, wie ich erriet, zweihundertfünfzig Lebensläufe in Pappordnern; sie mußte ich alle auswendig lernen und mußte sie vor Lulu, die meine Lehrerin wurde, laut aufsagen. Bis Larsen meine Zelle betrat und mir die Schläfen einrieb mit dem Fett, das ich an seinen Schläfen gefühlt hatte...

...das neue Gesicht, verkrampft, mit dem Rohr zwischen den Kiefern; nach außen schauendes Rohr, Nahrungsaufnahme; keine Nahrungsabgabe durchs Rohr. Wien war es gelungen, mich zu zerstören; Wien zerstörte alles und überlebte alles; Lulus Kiefer verharrte während unendlicher drei Jahre in einer Verkrampfung, in die sie ihre allmählich wahr werdenden Träume geführt hatten, in die sie ihre allmählich wahr machenden Träume geführt hatte. Wenn schon, so brachen auch Eisenstäbe diese Kiefer nicht auf, mehr noch, ich höhlte ihr eine Wange und flößte ihr durch die Öffnung hindurch ein, was sie nicht mehr wollte.

Wenn ich sie umarmte, stand sie dabei und sah zu. Auch als diese spezifische Nacht der Vergangenheit angehörte, von der zu behaupten war, daß sie unsere ureigene war, unterließ ich es nie, Lulu zu etwas Entsprechendem zu treiben, ziemlich gütig zwar, aber nicht nachlassend. Daß ich jetzt aber, obgleich wir den Türkenschanzpark weiterhin wie früher aufsuchten, mich schlagartig auf ältere Paare beschränkte, unterlag keinem Einspruch mehr; Greis zusammen mit Greisin war weiß und gut zu schauen; nach den jämmerlichen drei Jahren Therapie, die Lulu gebraucht hatte, um mir diese Geschichte, nachdem ich sie abgewiesen hatte, zu erzählen, hörte ich brüsk auf, sie zu sehen; sie schien mir zu wenig weit mit mir gekommen zu sein, nur von der Währinger Straße bis zum Park oder bis zum See; ich verleibte mich einem Geschehen ein, das drei Viertelstunden lang und etwa vierzig Kilometer breit war. Nicht genug damit, mußte ich...

Lulu: Sagen Sie mir, Keener, was Sie meinten, als Sie sagten, die Autobahn nach Wien sei in Wien Ihr größtes Erlebnis gewesen, das einzige, was Sie hüllenlos weitersagen könnten. *Keener:* Da vorn. *Lulu:* Ich hole Larsen. *Keener:* Sehen Sie weg, wenn er kommt. Ich bin dann nicht mehr schön anzuschauen. *Lulu:* Sie können ihn verhindern. Eine Geschichte mehr. Was macht's aus? *Keener:* Ich mußte mit meinem kläglichen Wissen etwas in Erfahrung gebracht haben, das diese Stück um Stück verlorenen Stunden mit Lulu und ihren Mahren als gefährlich erscheinen ließ. Vielleicht war ich nicht kolossal »fein«, unter Umständen war ich sogar kaum, wenn nicht überhaupt nicht »fein«, sondern klar, luzid, durch steinerne Mauern hindurchsehend, bis sie mich begruben.

Ich polierte langsam mit einem Unterarm die Schreibtischplatte, als ich bemerkte, daß Lulu ein bißchen entspannter geworden war, in den Sprechstunden, in denen sie sich dem Sprachmeiler nicht widersetzte und ihn nicht löschte; damals; damals, als ich sie auf meine Abstecher noch mitzunehmen wünschte. Damals brachte mir mein Voyeur-Auge etwas ein und weidete sich an der Ernte. Bewältigung. Zu unterstützen war auch meine These [»ich habe mir oft weitergeholfen und mich begünstigt«], ich hätte aus Lulus vorsichtigem, die Scham mit mir nicht teilenden Gestammel gelesen, ich hätte ein umfassendes Geständnis von ihr erhalten, das ich trotz seiner Erzwungenheit als ein freiwilliges Geständnis ansehen konnte. Nachdem die folgende Sprechstunde an uns herangetreten war und sie, ich kannte die Wiener Behörden nicht, mir Larsen in die Zelle, Verzeihung, in die Praxis schickten, blieb Lulu eine Abwesende. Niemals zuvor habe ich so schöne, beiläufig blutende Seufzer von mir gegeben. Meine Beklemmung erinnerte mich an eine frühe Sprachstörung, die ich Larsen, um nicht auch dafür noch mißhandelt zu werden, verschwieg.

Angst haben. Laut singen. Zunächst nur im Keller, in dem ich eigentlich keuchen will. Dann überall singen, wo ich liege und dahinserble. Sehr laut singen. Später kann ich nicht mehr sprechen. Weil ich zum Sprechen den Mund brauche, mit dem ich singen muß, um die Angst zu zerstreuen. Angst auf einmal weg, könnte gut werden, das. Aber es ist nur die falsche Angst. Die blättert ab. Darunter glänzt die echte Angst hervor. Die schützt sich so gut, daß ich sie nie empfinde, sondern mich schon von vorgelagerten Kleinängsten abschrecken lasse. Siegesgewiß durchbreche ich im Keller eine Angst und gerate in die Umarmung der nächstgrößeren. So werde ich erwachsen und verrecke langsam beim Sprechen. Und darum: ich kann überhaupt nicht mehr sprechen, weil ich laut singe in einer Angst und der Mund mit Singen besetzt ist. Und rede ich los, muß ich, weil ohne das Singen kein Schutz ist, turmhohe Wortdämme gegen das, was mich überströmt und verzehrt, errichten. Ich werde mich nie zum Reden mit einem tröstlichen Singen begleiten können, das weiß ich, es macht mir fast nichts aus...

Nachdem meine folgende Stunde an mich herangetreten war und der mit Fleiß an mir herumarbeitende Larsen mich körperlich zerschlug für neue, ekelhaftere Geständnisse – unter Zwang gestehe ich viel schöner –, blieb Lulu geistig abwesend, im Sinne von »weg in mir«. Am Nachmittag jenes beliebigen, sehr hell und durchdringend erleuchteten Tages sprach ich hörbar vor mich hin, auf der dünnen graugetupften Matratze eunuchen-singend, kurzgefaßt, Lulu werde mich nicht mehr zu sehen bekommen, und es sei Zeit für einen anderen Wärter.

Lulu: Larsen ist unvermeidlich. Wenn Sie nur Ihr Erlebnis auf der Autobahn... *Keener:* Ich konnte mir lebhaft nachfühlen, daß ich die endgültige und mich auseinanderreißende Trennung von Lulu stark empfand. Ein Stechen hatte stark zugenommen in mir; ich war nicht, wie ich mich fühlte, gläsern. Jahrelang, ohne Unterbruch würde ich es wegzureden haben, Schlußstrich, zerreißen das Ganze in Flocken, schneien lassen den Segen.

Ich machte nicht mehr viele Worte; noch fielen einige; nicht daß sie lange zwischen uns blieben; sie würden verstummen; keiner würde ihr Verstummen bemerken; sie würden nicht verschwinden, nur leiser werden; es gab noch viele leise Worte; als ob es je die lauten gegeben hätte; mir entfällt, wovon sie handelten; vielleicht hatte ich am Anfang mehr davon gewußt; am Anfang waren es laute Worte; und wenn auch; sie waren leiser als ich dachte; Lulu temperierte sie auf die Wärme meiner Mittagessen; leiser als ich dachte; vorausgesetzt, ich dachte; oh doch; als ob ich diesen Widerspruch nicht gekannt hätte; das Denken ging noch, als alles andere zu dem verurteilt war, was ihm zufiel. Meine Vorhänge wurden zur Seite gezogen; dabei reißen sie; neues Licht auf die Währinger Straße; hinter meinem Fenster knirschte es. Ein gelber Schaufelbagger auf einem braunen glänzenden Band aufgerissener Erde. Die Wiener Erde. Ein verschossen rotes Ölfaß an einem Randstein. Straße gesenkt. Sichtbar wurde die Kurve eines grauen Kieswegs mit Brücke. Auf der Brücke kein Kies…

Lulu: Ihr Erlebnis, Keener. Larsen wird Sie zum Schweigen bringen. *Keener:* Wie ich Larsen empfinde, ist es wahrscheinlich, daß er mich schlimm herrichten wird. Bitte keinen Larsen. *Lulu:* Ich schnalle Sie sogar los, wenn Sie mir anvertrauen, was Sie gesehen…

…Irre auf den langen, kabinengereihten Aborten auf der Autobahnraststätte vor Wien. Gockeln, jumpeln, turnen, krächzen, humpeln, zockeln, gären, urinieren in dicken gelben Schwällen, grinsen dazu und schließen ein Auge, bis sie einen schrägen Schlitz unter der Stirn haben. In den engen Kabinen schließen und quetschen sie sich ein, Larsen ordnet an, Zuschließen gestattet, sie tragen zu weite Kleider, in die verhaspeln sie sich, finden keine Öffnung zum Freilegen, reißen sich alles vom Leib der alles merkt, machen ihr Bedürfnis nackt, treten und büffeln auf den zerrissenen Kleidern umher, stampfen den gemusterten Stoffberg in den Urin, der auf den Kabinenböden liegt, wischen die Anstalten sauber, grinsen, schieben den Kleiderberg unter der Tür heraus, das quillt zu unmenschlichen Schreien, die unter qualvollen, sie fast entleibenden Blähungen begraben sind, quasseln, grinsen, stolpern, schusseln, reißen Seifenpapiere aus den Automaten, werfen die Seife weg und waschen sich die Hände mit den Umschlägen, krauchen dann stiller liedelnd die Klinkertreppe zur Sandwichbar hoch, angeln sich ein Hörnchen aus dem Kiosk, kreppsohlend auf den Bus zu, der sie draußen mit laufendem Motor erwartet...

Keener: Der junge Larsen bringt ihnen die Kleider nach, altert dabei dreißig Jahre auf einen Schritt, zieht sie wieder an; zwischen den Bussitzen werden sie eingezwängt wie eben in den Kabinen. *Lulu:* Es geht weiter. Kaum spüren sie die Enge, nesteln und schaben sie wieder, mit Verwaltungstempo brummen sie von einer Zelle zur anderen, und überall dasselbe: ausziehen, anziehen, kleines Bedürfnis, ausziehen, anziehen, paar Worte, großes Bedürfnis, Löffelschlucken, Kleiderzerreißen, und jeden Abend im elastischen Karzer der gestörte Schlaf, heisere Schreie beim Mondaufgang, der mit dem Kommen des schweren, gealterten, behaarten, stärkeren, schielenden Wärters zusammenfällt; der erscheint mit nackten Unterarmen, tritt vor den Saal hin, stellt sich ihnen aufs vorderste Zehenglied, läßt sein Gesicht einen Finger vor ihrem stehen, sagt abgeklärt freundlich: »Einschlafen, ihr, Nacht ist, Feierabend, wer muß noch mal, jetzt darf keiner mehr.« *Keener:* Das ist wie bei mir. Die ihnen homöopathisch injizierte Apathie ist dienstbar gemacht, der Singsang verebbt, die aus den klemmenden Pritschen hängenden Arme verlieren ihr Zittern, dreiundfünfzig Unterlippen werden über Schneidezähne rutschend eingesogen, Zungen verknäueln sich in den rieselnden Grauzonen meines Gaumens, das kürzere krumme Bein wird angezogen. *Lulu:* Ich helfe Ihnen. Das Bein darf keiner sehen. *Keener:* Larsen soll es mir wegnehmen. Kann er das? Das krumme Bein wird angezogen, daß keiner es unter dem, was es bedeckt, mehr sieht, und ganz leise, in herzenseinnehmender Scheinfriedfertigkeit nässen sie unter den dünnen Decken die Laken, und erleichtert sind sie weg bis zum Morgen – morgen ist der nächste – und dort stehen sie aus dem halbgetrockneten Wühlen auf, unverändert, mit dem kleineren Hirn zuerst. *Lulu:* Zuerst? *Keener:* Ich stehe nicht mehr auf. Laß. Ich wühle nur noch.

... seit ich eigenmächtig aufgeplustert war, als Willen zum Widerstand aufgefaßt. Sie hatte eingesehen, daß sie weder über ihr vergangenes Leben [»kein Leben mehr«] sprechen noch überhaupt sich daran erinnern konnte. Sie schloß sich von da an mehrmals ein zu mir; gegenseitig versuchten wir, uns zu einer neuen Erinnerung zu verhelfen, indem wir uns eine machten... mit einem leichten Knick im Handgelenk, als hänge Gewicht an Hand, mit einem vor Unentschlossenheit weinenden Schlenkern, kippte sie, fast nicht mehr sichtbar vor der riesigen schwarzen Karteiöffnung, ein eßuntersatzgroßes schwarzgebundenes Wachstuchheft aus dem Schrank. Ich hoffte, sie würde das Wachstuchheft, wenn sie es im Wust schon gefunden hatte, wenigstens nicht lesen. Nachdem sich der Abfallkorb mit meinem Schnee gefüllt hatte, mußte ich die nächst größere Einheit als Abfallkorb mit den knapper schwebenden Flocken berieseln. Eine besonders schäumende Atemwoge schlüpfte zwischen Stoff und Haut über Rücken. Auf meinem mit einer süßlichen Politur überfluteten Schreibtisch, der mich unten panzert und oben etwas Dünnes herausstehen läßt, das meinen Kopf und meine Haarlosigkeit trägt, zeigt die runde Glasuhr mit dem sekündlich springenden Zeiger elf Uhr achtundfünfzig. Arm ausstreckend, obere Teile von Körper nach vorn werfend über Tischplatte hin, schob ich Uhr über Rand hinaus. Sie fiel in den gegen Tischfront dämmrig klatschenden Neusiedler See; Kern in Dattel geflößt. Ich glaubte, mich nicht zu irren, als...

Lulu: Keener nicht losbinden. *Larsen:* Schön. *Lulu:* Es ihm sanft machen. *Larsen:* Die Pfeifenahle von Lulus Vater ist in meinen Augen. Weit weg. Schwarz. *Lulu:* Heimzahlen, vielfältig heimzahlen. *Larsen:* Fein. Mitten in der Strömung, die Stelle ist untief, wate auf Keener zu, steht ein Kinder... schaut die Deichsel eines Kinderwagens heraus, der Wagen streckt neben der Deichsel... fein. *Lulu:* Die Rampe, auf der er abrutscht, spielbar machen. *Larsen:* Reinigen Sie mich, wenn ich meine Faust aus seinem Mund zurückziehe. See. Ißt fast nichts mehr. *Lulu:* Armer. *Larsen:* Rucke im Gesicht. Grauer Bartwuchs durch Kapillaren. Streift alles ab. Schwebt, nachdem bearbeitet durch Larsen. *Lulu:* Bitte. Aufhören. Tränen, wenn ich ihn so vor mir sehe. *Larsen:* Laß, laß. *Lulu (endlich wie erschüttert sich abtastend, dann versunken schluchzend):* Ging recht in der mich ekelnden Vermutung, damals sei eine von Lulu signierte Zahlungsanweisung mir in die Praxis geschoben worden, die vermutlich meine kümmerlichen, nichts außer mir selbst [»noch nicht ich«] entdeckenden Bemühungen gebührend honorieren sollte.

Zwischen Hunderten und Tausenden von ausgepfiffenen pausbäckigen Lauten, sofern es noch Töne waren, holte ich die Ankunftspost aus meinem hölzernen Kasten und entdeckte auf dem tabakgetränkten Papier eine minimale Anzahl winzigst geschriebener Zeilen, die für einmal nicht von mir, sondern von Lulus Hand stammten; und sie waren in Handschuhen geschrieben worden, deren pelzige Säume bei der Abschrift ihre Spuren hinterlassen hatten, nachdem sie offenbar den Brief zugeklebt hatten, den Brief selbst wieder aufrissen und den Brief mit einem welligen, nassen Klebestreifen wieder zu schließen versucht hatten; wenn es ein Brief war und nicht eine schriftliche Weiterführung einer gepreßten Verkniffenheit, die nicht weiterkam mit sich.

DANKE DIR LIEBE. DU HAST MICH GE

Das nicht ausgeschriebene Wort durfte als Zeuge dafür gelten, daß ich sie heimlich, die Treppe hochkommend in meine absolut tote Wohnung, bei der Abfassung ertappt hatte, und als ob das noch nicht genug gewesen wäre, wußte ich nicht mehr, ob es ihr besser oder schlechter ging als zuvor. Auf das Jahr genau einen Tag später traf ich sie in einem Wiener Hausgang, die äußere Glastür schlug mit der Klinke gegen die Briefkastenkabinen. Aus reinem Angewidertsein fing ich an zu weinen und riß das Gesicht an die Scheibe heran. Die beschlug sich nicht. Es mochte ja, weit weg vom armierten Schreibtisch, immerhin ein guter, ehrbar minderwertiger Gedanke sein, sie da zu fragen, was sie eigentlich so tue in Wien, aber sie wußte es erwartungsgemäß nicht. Außerdem würde sie keine Anstrengung machen, mich wiederzusehen oder den, der sie so dringend brauchte und verbrauchte. Was meine Person anging, so war ich rein aufs Hörensagen angewiesen, genug, ich hörte, wie ich mir heftig und ungenau vorstellte, daß ich nicht die geringste Anstrengung in umgekehrter Richtung machte, da ich nach wenig bewährter Methode den Zufall für mich arbeiten ließ. Er stellte sich gegen mich. Steif drang von vorn der Wind mir ins aufgerissene Gesicht. Ich hinter Nasenwurzel. So oft Larsen, Lulu, Keener und Konsorten in der Folge von Budapest herüberkamen, erübrigte sich das Notwendigste, und jede Einzelheit wurde mir schleichend klar. Ich durfte zusehen, wie sie mich schlugen und hinter sich ließen, ohne mich zu meinen. Lulu war der Fall gewesen, von dem ich mich nicht erholen würde. Fein. Und was lag demnach näher, als sie endgültig nie mehr sehen zu wollen?

Nichts.

Alphabetisches Gesamtverzeichnis der suhrkamp taschenbücher

1/2/6.84

1/3/6.84

1/4/6.84

1/5/6.84

1/6/6.84

1/7/6.84

1/8/6.84

1/9/6.84

1/10/6.84

1/11/6.84

1/12/6.84

1/13/6.84

0,50